SETE ANOS BONS

Etgar Keret

SETE ANOS BONS

Tradução de Maira Parula

Rocco

Título original
THE SEVEN GOOD YEARS

Etgar Keret assegurou seu direito de ser identificado
como autor desta obra em conformidade com o
Copyright, Designs and Patents Act 1988.

Copyright da edição brasileira © Etgar Keret 2015

Edição brasileira publicada mediante acordo com
The Institute for the Translation of Hebrew Literature.

Direitos para a língua portuguesa reservados
com exclusividade para o Brasil à
EDITORA ROCCO LTDA.
Av. Presidente Wilson, 231 – 8º andar
20030-021 – Rio de Janeiro – RJ
Tel.: (21) 3525-2000 – Fax: (21) 3525-2001
rocco@rocco.com.br
www.rocco.com.br

Printed in Brazil/Impresso no Brasil

preparação de originais
BARCÍMIO AMARAL

CIP-Brasil. Catalogação na fonte.
Sindicato Nacional dos Editores de Livros, RJ.

K47s	Keret, Etgar
	Sete anos bons/Etgar Keret; tradução de Maira Parula. – 1ª ed. – Rio de Janeiro: Rocco, 2015.
	Tradução de: The seven good years
	ISBN 978-85-325-2974-9
	1. Romance israelense. I. Parula, Maira. II. Título.
14-18689	CDD–892.43
	CDU–821.411.16'08-3

SUMÁRIO

ANO 1
1. De repente, o mesmo 9
2. Bebezão 13
3. Chamada e resposta 17
4. Como nos velhos tempos 21

ANO 2
1. Com os piores cumprimentos 27
2. Em pleno ar 30
3. Estranhos colegas de quarto 34
4. Defensor do povo 39
5. Réquiem para um sonho 44
6. Paisagem ao longe 51

ANO 3
1. Guerra de palitos de fósforo 59
2. Sonhos suecos 63
3. Exército de fraldas 67
4. Veneração do ídolo 73

ANO 4
1. Lançar bombas! 81
2. Táxi 87

3. Minha pranteada irmã 91
4. Visão de pássaro 98

ANO 5

1. Pátria imaginária 107
2. Gatos gordos 110
3. Impostor 115
4. Apenas outro pecador 120
5. Meu primeiro conto 123
6. Amsterdã 126
7. Meninos não choram 130

ANO 6

1. Tudo a ganhar 135
2. Dormir fora 141
3. Parque de diversões 146
4. Acidente 152
5. Um bigode para meu filho 157
6. Amor ao primeiro uísque 161

ANO 7

1. Shivá 169
2. Nos passos de meu pai 174
3. A casa estreita 178
4. Bondade apertada 183
5. Pastrami 189

ANO 1

DE REPENTE, O MESMO

– Eu simplesmente odeio ataques terroristas – diz a enfermeira magra à mais velha. – Quer um chiclete? A mais velha pega o chiclete oferecido e concorda com a cabeça.
– O que se pode fazer? – pergunta ela. – Também odeio emergências.
– Não são as emergências – insiste a magra. – Não tenho problemas com acidentes e essas coisas. São os ataques terroristas, estou te falando. Eles são uma ducha de água fria.

Sentado no banco diante da maternidade, penso, ela tem razão. Cheguei aqui uma hora atrás, todo animado, com minha mulher e um taxista tão obcecado por limpeza que, quando a bolsa dela estourou, teve medo de que estragasse o estofamento. E agora estou sentado no corredor, abatido, esperando que a equipe volte da emergência.

Todo mundo foi ajudar a tratar dos feridos no ataque, menos as duas enfermeiras.

As contrações de minha mulher também se reduziram. Provavelmente até o bebê sentiu que toda essa história de nascer não é mais tão urgente. Quando eu ia para a cantina, alguns dos feridos passaram por mim em macas rangentes. No táxi, a caminho do hospital, minha mulher gritava como uma louca, mas aqui todas as pessoas estão silenciosas.

– Você é Etgar Keret? – pergunta-me um sujeito de camisa xadrez. – O escritor? – Concordo com relutância.

– Bom, do que você sabe? – pergunta ele, pegando um gravador minúsculo na bolsa. – Onde estava quando aconteceu? – Quando hesito por um segundo, ele diz, numa demonstração de solidariedade: – Não precisa ter pressa. Não se sinta pressionado. Você passou por um trauma.

– Não estive no ataque – explico. – Estou aqui hoje por acaso. Minha mulher está dando à luz.

– Ah! – Ele não tenta disfarçar a decepção, aperta o botão para desligar o gravador e me deseja boa sorte. – *Mazel tov*. – Então ele se senta a meu lado e acende um cigarro.

– Talvez você deva procurar falar com outra pessoa – sugiro, numa tentativa de tirar da minha cara a fumaça de Lucky Strike. – Não tem nem um minuto, vi levarem duas pessoas para a neurologia.

– Russos – diz ele com um suspiro – não entendem uma palavra de hebraico. Além disso, não deixam mais a gente entrar na neurologia. Este é meu sétimo ataque neste hospital e a esta altura conheço todos os truques deles.

Ficamos sentados ali por um minuto sem falar nada. Ele é uns dez anos mais novo do que eu, mas começa a ficar careca. Quando me pega olhando para ele, sorri e fala:

– Que pena que você não estava lá. A reação de um escritor seria ótima para meu artigo. Alguém original, alguém com um pouco de visão. Depois de cada ataque, só consigo as mesmas reações: "De repente ouvi uma explosão"; "Não sei o que aconteceu"; "Ficou tudo coberto de sangue." Até que ponto se pode aguentar isso?

– Não é culpa deles – digo. – Acontece que os ataques sempre são iguais. O que de original se pode dizer sobre uma explosão e a morte insensata?

– Sei lá – diz ele, dando de ombros. – O escritor é você.

Algumas pessoas de jaleco branco começam a voltar da emergência a caminho da maternidade.

– Você é de Tel Aviv – diz o repórter –, então por que veio até esta espelunca para fazer um parto?

– Queríamos parto natural, o departamento daqui...

– Natural? – Ele me interrompe com risos de escárnio. – O que há de natural em um anão saltando da vagina de sua mulher pendurado por um fio no umbigo? – Nem me dou ao trabalho de responder. – Já disse à minha mulher – continua ele –, se você um dia der à luz, que seja só por cesariana, como nos Estados Unidos. Não quero um bebê esgarçando você toda para mim. Hoje em dia, só em países primitivos como este as mulheres parem feito animais. Yallah, vou trabalhar. – Começa a se levantar, mas tenta mais uma vez. – Talvez você tenha algo a dizer sobre o ataque, quem sabe? – pergunta. – Ele não muda nada para você? Por exemplo, que nome você vai dar à criança ou coisa assim, sei lá. – Abro um sorriso de desculpas. – Deixa pra lá – diz ele com uma piscadela. – Espero que corra tudo tranquilamente, cara.

Seis horas depois, um anão pendurado por um fio no umbigo salta da vagina de minha mulher e imediatamente começa a chorar. Tento acalmá-lo, convencê-lo de que não há com o que se preocupar. Que, quando ele crescer, tudo aqui, no Oriente Médio, estará resolvido: a paz virá, não haverá mais ataque terrorista e, mesmo que por um remoto acaso isso aconteça, sempre haverá alguém original, alguém com um pouco de visão para descrevê-lo com perfeição. Ele se acalma por um minuto e pensa no que fazer. Ele deveria ser ingênuo – visto que não passa de um recém-nascido –, mas mesmo assim não se deixa convencer e, depois de hesitar por um segundo e soltar um leve soluço, volta a chorar.

BEBEZÃO

Quando eu era criança, meus pais me levaram à Europa. O ponto alto da viagem não foi o Big Ben nem a Torre Eiffel, mas o voo de Israel a Londres – especificamente, a refeição. Ali, na bandeja, estava uma lata mínima de Coca-Cola e, ao lado dela, uma caixa de flocos de milho não muito maior do que um maço de cigarros. Minha surpresa com os pacotes mínimos só se transformou numa autêntica empolgação quando os abri e descobri que a Coca tinha gosto da Coca das latas de tamanho normal e que os flocos de milho também eram de verdade. Difícil explicar de onde vinha exatamente tamanha empolgação. Só estamos falando de um refrigerante e um cereal matinal em pacotes muito menores, mas, aos 7 anos, eu tinha certeza de estar testemunhando um verdadeiro milagre.

E hoje, trinta anos depois, sentado em minha sala de estar em Tel Aviv e olhando meu filho de duas semanas, tenho exatamente a mesma sensação: eis aqui um homem que não pesa mais de cinco quilos – mas por dentro é furioso, entediado, assustado e sereno, como qualquer outro homem neste planeta. Coloque nele um terno e um Rolex, prenda uma pasta executiva mínima em sua mão e mande-o para o mundo e ele negociará, batalhará e fechará acordos sem nem mesmo piscar. Ele não fala, é bem verdade. Também se borra como se não houvesse amanhã. Sou o primeiro a admitir que ele tem umas coisinhas a aprender antes que possa ser lançado ao espaço ou que lhe permitam pilotar um F-16. Mas, em princípio, é uma pessoa completa embrulhada em um pacote de 48 centímetros, e não é uma pessoa qualquer, mas um radical, um excêntrico, um personagem. Do tipo que a gente respeita, mas não consegue entender inteiramente. Porque, como todas as pessoas complexas, independentemente de seu peso ou de sua altura, ele tem muitas facetas.

Meu filho, o iluminado: como alguém que leu um bocado sobre budismo, ouviu duas ou três palestras ministradas por gurus e uma vez até teve diarreia na Índia, devo dizer que meu filho é a primeira pessoa iluminada que conheci. Ele, sim, vive no presente: jamais guarda rancor, nunca teme o futuro. Não tem ego. Nunca tenta defender sua honra ou levar o crédito. Seus avós, aliás, já abriram uma poupança para ele, e sempre que o embalam no berço o vovô lhe conta da excelente taxa de juros que conseguiu para ele e quanto dinheiro, a uma taxa média de inflação antecipada de um dígito, ele terá dali a 21 anos, quando a conta estará disponível. O pequeno não responde. Mas então vovô calcula as porcentagens contra a taxa de juros preferencial e noto algumas rugas aparecendo na testa de meu filho – as primeiras rachaduras na parede de seu nirvana.

Meu filho, o drogado: gostaria de pedir desculpas a todos os viciados e ex-viciados que leem isto, mas, com todo o respeito por eles e seu sofrimento, ninguenzinho pode tocar no que é do meu filho. Como todo verdadeiro viciado, ele não tem as mesmas alternativas dos outros quando se trata de gastar seu tempo de lazer – aquelas opções familiares de um bom livro, uma caminhada ao entardecer ou os playoffs da NBA. Para ele, só existem duas possibilidades: o peito ou o inferno.

– Logo você descobrirá o mundo... mulheres, álcool, jogos ilegais na internet – digo, tentando acalmá-lo. Mas, até que isso aconteça, nós dois sabemos que só existirá o peito. Sorte dele, e nossa, que ele tenha uma mãe equipada com dois. Na pior das hipóteses, se um deles falhar, sempre há um sobressalente.

Meu filho, o psicopata: às vezes, quando acordo à noite e vejo sua pequena figura sacudindo-se do meu lado na cama como um brinquedo gastando as pilhas, fazendo estranhos ruídos guturais, não posso deixar de compará-lo, em minha imaginação, com o Chucky do filme de terror *Brinquedo assassino*. Eles têm a mesma altura, o mesmo temperamento e nenhum dos dois considera algo sagrado. Esta é a verdade enervante sobre meu filho de duas semanas: ele não tem uma gota que seja de moralidade, nem um grama. Racismo, desigualdade, insensibilidade, discriminação – ele não dá a mínima. Não tem interesse em nada além de seus impulsos e desejos imediatos. Para ele, os outros que vão para o inferno ou entrem para o Greenpeace. Só o que ele quer agora é um bom leite ou alívio para suas assaduras, e se o mundo tiver de ser destruído para que ele o consiga, que alguém lhe mostre o botão. Ele o apertará sem pensar nem por um segundo.

Meu filho, o judeu que odeia ser judeu...

– Não acha que já chega? – pergunta minha mulher, interrompendo. – Em vez de ficar aí inventando acusações histéricas contra seu lindo filho, talvez você possa fazer algo de útil e trocar suas fraldas.

– Tudo bem – respondo. – Tudo bem, eu já estava terminando aqui.

CHAMADA E RESPOSTA

Admiro sinceramente os operadores de telemarketing atenciosos que escutam e tentam sentir seu estado de espírito sem forçar imediatamente um diálogo com você quando telefonam. Por isso, quando a Devora da YES, a empresa de TV por satélite, telefona e pergunta se é uma boa hora para conversarmos, a primeira coisa que faço é agradecer a ela por sua consideração. Depois digo educadamente que não, não é.

– O problema é que só um minuto atrás caí em um buraco e machuquei a testa e o pé, então esta não é a hora ideal – explico.

– Compreendo – diz Devora. – Quando, então, acha que será uma boa hora para falar? Daqui a uma hora?

– Não sei bem – digo. – Meu tornozelo deve ter quebrado quando caí, o buraco é bem fundo e acho que não vou conseguir sair dele sem ajuda. Assim, depende muito da rapidez com que a equipe de resgate chegue aqui e se eles terão de me engessar ou não.

– Quem sabe eu deva ligar amanhã, então? – sugere ela, sem se abalar.

– Sim – solto um gemido. – Amanhã parece ótimo.

– Que história é essa de buraco? – Minha mulher, a meu lado no táxi, censura-me depois de ouvir minha tática de evasão. É a primeira vez que saímos e deixamos nosso filho, Lev, com minha mãe, então ela está meio nervosa. – Por que você não pode dizer simplesmente: "Obrigado, mas não estou interessado em comprar, alugar ou pegar emprestado seja lá o que você estiver oferecendo, então, por favor, não me ligue de novo, nem nesta vida e, se possível, nem na outra." Depois faça uma pausa breve e diga: "Tenha um bom dia." E desligue, como todo mundo faz.

Não creio que todo mundo seja tão firme e antipático com Devora e sua classe como minha mulher, mas devo admitir que ela tem razão. No Oriente Médio, as pessoas sentem sua mortalidade mais do que em outros lugares do planeta, o que leva a maior parte da população a desenvolver tendências agressivas para com estranhos que tentam desperdiçar o pouco tempo que lhes resta na Terra. E embora eu proteja meu tempo com igual zelo, tenho dificuldade de dizer não a estranhos ao telefone. Não acho difícil me livrar de vendedores em feiras livres ou dizer não a alguém que conheço que me ofereça algo por telefone. Mas a maldita combinação de um pedido telefônico com um estranho me paralisa, e em menos de um segundo estou imaginando a cara marcada da pessoa do outro lado da linha que teve uma vida de sofrimento e humilhação. Imagino-a de pé no peitoril da janela em seu escritório no 42º andar falando comigo por um telefone sem fio numa voz calma, mas ela já se decidiu: "Mais um babaca me dizendo 'não' e eu pulo!" E quando se trata de decidir entre a vida de uma pessoa e assinar o canal "Escultura de balões: diversão ilimitada para toda a família" por apenas 9,99 shekels por mês, escolho a vida, ou pelo menos escolhia, até que minha mulher e meu contador educadamente me pediram para parar.

E foi então que comecei a desenvolver a "Estratégia da Vovó", que invoca uma mulher para quem organizei dezenas de enterros virtuais a fim de me livrar das conversas inúteis. Mas, como já cavei um buraco para mim e caí nele para Devora da TV por satélite, desta vez posso deixar a vovó Shoshana descansar em paz.

– Bom-dia, sr. Keret – diz Devora no dia seguinte. – Espero que seja uma hora melhor para o senhor.

– A verdade é que houve algumas complicações no meu pé – resmungo. – Não sei como, mas desenvolveu uma gangrena. E você me pegou pouco antes da amputação.

– Só vai levar um minuto – ela tenta heroicamente.

– Desculpe – insisto. – Já me deram um sedativo e o médico está gesticulando para que eu desligue o celular. Diz que não é esterilizado.

– Então, tentarei amanhã – diz Devora. – Boa sorte na amputação.

A maioria dos operadores de telemarketing desistiria depois de um telefonema. Pesquisadores de opinião e vendedores de pacotes de navegação na internet podem retornar para outra rodada. Mas Devora, da TV por satélite, é diferente.

– Alô, sr. Keret – diz ela quando atendo à chamada seguinte, despreparado. – Como vai o senhor?

E antes que eu possa responder, ela continua.

– Como seu novo problema médico provavelmente o prende em casa, pensei em lhe oferecer nosso pacote Extreme Sport. Quatro canais que incluem todos os vários esportes radicais do mundo, do campeonato mundial de arremesso de anões aos torneios australianos de comedores de vidro.

– Quer falar com Etgar? – sussurro.

– Sim – diz Devora.

– Ele morreu – digo e faço uma pausa antes de continuar aos sussurros. – Uma tragédia. Um residente acabou com ele na mesa de cirurgia. Estamos pensando em processar.

– Então, com quem estou falando? – pergunta Devora.

– Michael, o irmão mais novo dele – improviso. – Mas não posso falar agora, estou no enterro.

– Meus pêsames por sua perda – diz Devora numa voz trêmula. – Não consegui conversar muito com ele, mas me pareceu uma ótima pessoa.

– Obrigado – continuo sussurrando. – Preciso desligar. Agora tenho de dizer o Kaddish.

– Claro – diz Devora. – Ligarei depois. Tenho uma oferta de consolação que é perfeita para o senhor.

COMO NOS VELHOS TEMPOS

Ontem liguei para o pessoal da minha operadora de celular para gritar com eles. Na véspera, um amigo me disse que telefonara, gritara com eles um pouco e ameaçara mudar de provedor. E eles imediatamente baixaram o preço para 50 shekels por mês.

– Dá para acreditar nisso? – disse meu amigo, animado. – Um telefonema furioso de cinco minutos e você economiza 600 shekels por ano.

A representante do atendimento ao cliente chamava-se Tali. Ouviu em silêncio todas as minhas queixas e ameaças e quando terminei disse numa voz baixa e grave:

– Diga-me uma coisa, o senhor não tem vergonha de si mesmo? Estamos em guerra. Está morrendo gente. Mísseis caem sobre Haifa e Tiberias e o senhor só consegue pensar em seus 50 shekels?

Havia algo ali, algo em suas palavras, que me deixou ligeiramente angustiado. Pedi desculpas de imediato e a nobre Tali rapidamente me perdoou. Afinal, a guerra não é a hora certa para guardar rancor por um dos seus.

Naquela tarde decidi testar a eficácia do argumento de Tali com um taxista teimoso que se recusara a me levar com meu filho bebê porque eu não tinha uma cadeirinha.

– Diga-me uma coisa, não tem vergonha de si mesmo? – perguntei, tentando citar Tali com a maior precisão possível. – Estamos em guerra. Está morrendo gente. Mísseis caem sobre Tiberias e só no que pode pensar é na sua cadeirinha?

O argumento funcionou e o motorista, constrangido, rapidamente se desculpou e me disse para entrar. Quando pegamos a via expressa, ele disse em parte para mim, em parte para si mesmo:

– É uma guerra de verdade, hein? – E, depois de respirar fundo, acrescentou com nostalgia: – Como nos velhos tempos.

Ora, esse "como nos velhos tempos" não para de ecoar em minha mente e de súbito vejo todo o conflito com o Líbano sob uma luz inteiramente diferente. Pensando no passado, tentando recriar minhas conversas com amigos preocupados com esta guerra com o Líbano, com os mísseis iranianos, as maquinações da Síria e o pressuposto de que o líder do Hezbollah, o xeque Hassan Nasrallah, tenha a capacidade de atacar qualquer lugar no país, até Tel Aviv, percebo que havia um pequeno brilho nos olhos de quase todos, uma espécie de suspiro de alívio inconsciente.

E, não, não é que nós, israelenses, desejemos a guerra, a morte ou a tristeza, mas ansiamos por aqueles "velhos tempos" de que falou o taxista. Ansiamos por uma guerra de verdade para tomar o lugar de todos estes anos exaustivos de intifada, quando não existe preto nem branco, apenas cinza, quando somos confrontados não por forças armadas, mas apenas por jovens decididos que usam cintos explosivos, anos em que a aura de bravura deixou de existir, substituída por longas filas de pessoas que esperam em nossos postos de controle, mulheres prestes a dar à luz e velhos que lutam para suportar o calor sufocante.

De repente, a primeira salva de mísseis nos devolveu aquela sensação familiar de uma guerra travada contra um inimigo impiedoso que ataca nossas fronteiras, um inimigo verdadeiramente cruel, e não aquele que luta por sua liberdade e autodeterminação, não do tipo que nos faz gaguejar e nos confunde. Mais uma vez, temos confiança na legitimidade de nossa causa e voltamos à velocidade da luz para o seio do patriotismo que quase abandonamos. Mais uma vez, somos um país pequeno cercado por inimigos, que luta por nossa vida, e não um país forte, de ocupação, obrigado a lutar diariamente contra uma população civil.

Assim, é de se espantar que todos no fundo tenhamos um pouquinho de alívio? Pode mandar o Irã, pode mandar uma pitada da Síria, mandem alguns xeques Nasrallah, que vamos devorar inteiros. Afinal, não somos melhores do que ninguém para resolver ambiguidades morais. Mas sempre soubemos vencer uma guerra.

ANO 2

COM OS PIORES CUMPRIMENTOS

Quando eu era criança, sempre pensei que a Semana do Livro Hebraico fosse um feriado legítimo, algo que se encaixava confortavelmente entre o Dia da Independência, a Páscoa e a Hanucá. Nessa ocasião, não nos sentávamos em volta de fogueiras, não girávamos piões nem batíamos na cabeça um do outro com martelos de plástico, e, ao contrário dos outros feriados, não se comemorava uma vitória histórica ou derrota heroica, o que me fazia gostar ainda mais dele.

No início de cada mês de junho, minha irmã, meu irmão e eu íamos a pé com nossos pais à praça central em Ramat Gan, onde eram armadas dezenas de mesas cobertas de livros. Cada um de nós escolhia cinco. Às vezes o autor de um desses livros estaria à mesa e escreveria uma dedicatória. Minha irmã gostava muito disso. Pessoalmente, eu achava meio irritante. Mesmo que alguém escreva um livro, isso não dá a ele o direito de rabiscar meu exemplar – especialmente se sua letra é feia, como a de um farmacêutico, e ele insiste em usar palavras difíceis que você precisa procurar no dicionário só para descobrir que o que ele queria dizer era "divirta-se".

Anos se passaram e, embora não seja mais criança, ainda fico igualmente animado durante a Semana do Livro. Mas agora a experiência é um pouco diferente e muito mais estressante. Antes de começar a publicar livros, eu escrevia dedicatória apenas naqueles que comprava para dar de presente a quem conhecia. E então, um dia, de repente me vi autografando livros para pessoas que os compravam para si mesmas, gente que nunca vira na vida. O que você pode escrever no livro de um completo estranho que pode ser qualquer coisa, desde um assassino em série a um Gentio Virtuoso? "Com amizade" beira a falsidade; "Com admiração" não convence; "Tudo de bom" soa amigável demais e "Espero que goste do meu livro!" é metido a sebo do E maiúsculo ao ponto de exclamação final. Assim, exatamente 18 anos atrás, na última noite de minha primeira Semana do Livro, criei meu próprio gênero: dedicatórias fictícias. Se os próprios livros são pura ficção, por que as dedicatórias precisam ser verdadeiras?

"A Danny, que salvou minha vida no Litani. Se você não tivesse amarrado aquele torniquete, nem eu nem o livro existiríamos."

"A Mickey. Sua mãe ligou. Desliguei na cara dela. Não se atreva a dar as caras por aqui outra vez."

"A Sinai. Chegarei em casa tarde esta noite, mas deixei um pouco de cholent na geladeira."

"A Feige. Onde estão as dez pratas que te emprestei? Você disse dois dias e já faz um mês. Ainda estou esperando."

"A Tziki. Admito que agi como um bosta. Mas, se sua irmã pôde me perdoar, você também pode."

"A Avram. Pouco me importa o que mostram os exames de laboratório. Para mim, você sempre será meu pai."

"Bosmat, apesar de agora você estar com outro homem, nós dois sabemos que no fim você voltará para mim."

Pensando bem agora, e depois do tabefe que levei na cara deste último, suponho que eu não deveria ter escrito o que escrevi para aquele cara alto com cabelo à escovinha de fuzileiro naval que comprava um livro para a namorada, embora ainda ache que ele poderia ter feito uma observação civilizada em vez de partir para a violência física.

De qualquer modo, aprendi minha lição, mesmo dolorosamente, e, desde então, em toda Semana do Livro, por mais que minha mão se coce para escrever nos livros comprados por algum Dudi ou Shlomi que da próxima vez que ele vir alguma coisa minha no jornal será a carta de um advogado, respiro fundo e escrevo "Tudo de bom". Pode ser tedioso, mas é muito mais fácil diante das circunstâncias.

Assim, se aquele cara alto e Bosmat estiverem lendo isto, quero que saibam que estou verdadeiramente arrependido e gostaria de pedir minhas desculpas atrasadas. E se por acaso você estiver lendo isto, Feige, ainda estou esperando pelas dez pratas.

EM PLENO AR

Alguns meses atrás, abri minha caixa de correio enferrujada e encontrei um envelope azul e branco com um cartão de plástico dourado gravado com meu sobrenome e, acima dele, em caracteres floreados, FREQUENT FLYER CLUB GOLD. Mostrei meu cartão de passageiro frequente a minha mulher com um gesto teatral, na esperança de que esse sinal de apreciação de uma empresa abrandaria a opinião severa que ela tem de mim, mas não deu muito certo.

– Sugiro que você não mostre este cartão a ninguém – disse ela.

– E por que não? – argumentei. – Este cartão faz de mim um membro de um clube exclusivo.

– Sim – disse minha mulher, abrindo aquele sorriso de chacal que ela tem. – O clube exclusivo de pessoas que não têm uma vida.

Então, tudo bem. Nos recessos discretos e íntimos desta coluna, estou disposto a fazer a confissão parcial de que não tenho uma vida, pelo menos não no sentido tradicional e cotidiano do termo. E confesso que mais de uma vez no ano passado tive de ler o canhoto de minha passagem de avião, tranquilamente aninhado entre as páginas de meu passaporte tatuado de carimbos, para descobrir em que país estava. E também confesso que nessas viagens, que em geral eram voos de 15 horas, eu me via falando para um grupo muito pequeno de pessoas que, depois de me ouvir por uma hora, só podia me oferecer um tapinha de consolação nas costas e a observação esperançosa de que em hebraico aquelas minhas histórias talvez fizessem algum sentido. Mas eu adoro. Adoro falar para os outros: quando eles gostam, curto com eles e, quando sofrem, suponho que seja porque devem ter se emocionado.

A verdade, agora que me atirei em uma explosão inexplicável de sinceridade, é que estou disposto a confessar que também adoro as viagens de avião em si. Não as verificações de segurança antes delas ou os funcionários de cara azeda da companhia aérea no balcão de check-in que me explicam que o último lugar vago no avião é entre dois lutadores de sumô japoneses e flatulentos. E não sou de fato louco pela espera interminável da bagagem depois do pouso, ou pelo jet lag, que cava vagarosamente um túnel transatlântico pelo seu crânio adentro com uma colher de chá. É o miolo que adoro, aquela parte em que você está encerrado numa caixa mínima, flutuando entre o céu e a Terra. Uma caixa mínima que é inteiramente isolada do mundo e dentro dela não há tempo nem clima reais, apenas uma fatia suculenta do limbo que dura da decolagem ao pouso.

E estranhamente, para mim, esses voos não significam apenas comer a refeição industrializada requentada que o redator sarcástico da companhia aérea decidiu chamar de "Delícias das Grandes Altitudes". Eles são uma espécie de desligamento meditativo do mundo. Os voos são momentos gratificantes em que o telefone não toca e a internet não funciona. A máxima de que o tempo num avião é tempo perdido me liberta de minhas ansiedades e de meus sentimentos de culpa, me despoja de todas as ambições e deixa espaço para uma existência diferente. Uma existência feliz e idiota, do tipo que não tenta aproveitar a maior parte do tempo, mas se satisfaz em meramente descobrir o jeito mais agradável de passá-lo.

O "eu" que existe entre a decolagem e o pouso é uma pessoa completamente diferente: o "eu" do avião é viciado em suco de tomate, uma bebida que não pensaria em tocar quando meus pés estão na terra. No ar, esse "eu" assiste avidamente a comédias hollywoodianas imbecilizantes numa tela do tamanho de uma hemorroida e fica fixado no catálogo de produtos guardado na bolsa do assento à minha frente como se fosse uma versão atualizada e melhorada do Antigo Testamento.

Não sei se você já ouviu falar da carteira feita de fibras de aço resistente a ferrugem, material desenvolvido pela Nasa que garante que as cédulas continuarão novas muito tempo depois de nosso planeta ser destruído. Ou do banheiro para gatos que suga os odores, é camuflado numa planta, proporciona a seu gato total privacidade enquanto ele faz suas necessidades e evita o desprazer para os moradores da casa e suas visitas. Ou do dispositivo antisséptico controlado por microprocessador que insere íons de prata antimicrobianos nos tecidos onde você tem uma infecção incipiente a fim de evitar o desastre de uma ferida aberta. Não só soube de todos esses inventos como também cito de memória as descrições exatas de cada um dos produtos, inclusive as várias cores em que são vendidos, como se fossem versos do Eclesiastes. Afinal, eles não me mandaram aquele cartão-ouro à toa.

Escrevo isto durante um voo de Tel Aviv a Zurique, a caminho de Bangcoc, e o faço com uma velocidade muito pouco característica para que, em algumas poucas linhas, quando estiver encerrado, possa ficar confortável em meu banco mais uma vez e passar os olhos pela revista de bordo para me atualizar sobre os novos destinos que a Swissair cobrirá em breve. Assim, talvez possa pegar os últimos 15 minutos de *Um sonho possível* ou achar alguém para conversar no caminho até o banheiro no fundo do avião. Temos uma hora e 14 minutos até aterrissarmos e quero aproveitar ao máximo.

ESTRANHOS COLEGAS DE QUARTO

O suíço de chapéu esquisito sentado a meu lado na varanda do restaurante Indus transpira como louco. Não posso culpá-lo. Também estou transpirando bastante e deveria estar acostumado com uma temperatura dessas. Mas Bali não é Tel Aviv. O ar aqui é tão úmido que dá para beber. O suíço me diz que por ora está desempregado, o que lhe dá tempo para viajar. Há não muito tempo, gerenciava um resort nas ilhas da Nova Caledônia, mas foi demitido. É uma longa história, diz ele, mas terá prazer em me contar. A escritora turca que ele tentara cantar a noite toda disse que ia ao banheiro cerca de uma hora atrás e ainda não voltara. Ele já bebeu tanto, diz ele, que se tentar se levantar provavelmente rolará escada abaixo, então é melhor ficar sentado onde está, pedir outro frozen de vodca e me contar sua história.

Ele achava bem legal a ideia de gerenciar um resort nas ilhas da Nova Caledônia. Isso até ele chegar lá e perceber que o lugar era um buraco.

Os aparelhos de ar-condicionado nos quartos não funcionavam e havia insurgentes nas montanhas próximas que costumavam não incomodar ninguém, mas, por um motivo inexplicável, provavelmente tédio, gostavam de assustar os hóspedes do hotel que saíam para caminhar. As faxineiras recusavam-se categoricamente a ir a qualquer lugar perto da lavanderia do hotel, que alegavam ser assombrada. Insistiam em lavar os lençóis no rio. Em resumo, o resort não era nada parecido com o que dizia o folheto de propaganda.

Ele estava no emprego havia um mês quando chegou um casal de norte-americanos ricos. Desde o minuto em que os dois entraram no pequeno saguão, teve a sensação de que seriam encrenca.

Eles tinham a pinta dos clientes que não se satisfazem com nada, do tipo que vai à recepção para reclamar da temperatura da água na piscina. O suíço sentou-se na recepção, serviu-se de um copo de uísque e esperou o telefonema colérico do casal. Chegou em menos de 15 minutos.

– Tem um lagarto no banheiro – gritou a voz áspera do outro lado da linha.

– Há muitos lagartos na ilha, senhor – disse o suíço educadamente. – Faz parte do encanto do lugar.

– O encanto do lugar? – gritou o norte-americano. – O encanto do lugar? Minha mulher e eu não estamos encantados. Quero alguém aqui em cima para tirar esse lagarto de nosso quarto, está me ouvindo?

– Senhor, retirar esse lagarto em particular não adiantará nada. A região é cheia de lagartos. Há uma boa possibilidade de que amanhã de manhã o senhor encontre alguns iguais a esse em seu quarto, talvez até em sua cama. Mas isso não é ruim, porque...

O suíço não terminou a frase. O norte-americano já batera o fone no gancho. Lá vem, pensou o suíço enquanto terminava o uísque. Um minuto depois eles estavam na recepção gritando com ele. Com a sorte que ele tinha, provavelmente os dois conhecem algum figurão da cadeia de hotéis e ele estará lascado.

Ele se levantou cansado da recepção, decidido a tomar a iniciativa: levaria uma garrafa de champanhe para eles. Puxaria o saco dos dois como lhe ensinaram na escola e se livraria da confusão. Não é divertido, mas é a atitude certa a tomar. A meio caminho do quarto, o suíço viu o carro dos norte-americanos acelerando na sua direção. Passou zunindo por ele, quase o atropelou e continuou para a estrada principal. Ele tentou acenar uma despedida, mas o carro não reduziu a velocidade.

Ele foi ao quarto do casal. Eles tinham deixado a porta aberta. Suas malas tinham desaparecido. Ele abriu a porta do banheiro e viu o lagarto. O lagarto também o viu. Eles se olharam em silêncio por uns segundos. Tinha um metro de comprimento e garras. Ele já vira um desses em algum filme sobre a natureza; não se lembrava exatamente o que o filme dizia sobre eles, só que eram bichos muito assustadores e desagradáveis. Agora ele entendia por que os norte-americanos tinham dado no pé daquele jeito.

– E este é o fim da história – disse o suíço.

Por acaso aqueles norte-americanos de fato escreveram uma carta e uma semana depois ele foi demitido. Estava viajando desde então. Em novembro, voltará à Suíça para ver se consegue alguma coisa na empresa do irmão.

Quando lhe pergunto se ele acha que existe uma moral em sua história, ele responde que com certeza deve haver, mas não sabe exatamente qual é.

– Talvez – disse ele, depois de uma curta pausa – seja que este mundo é cheio de lagartos, e embora não possamos fazer nada a respeito, sempre devemos tentar descobrir que tamanho eles têm.

O suíço me pergunta de onde sou. Israel, respondo, e foi um inferno conseguir vir a este festival de escritores. Meus pais não queriam que viesse. Tinham medo de que fosse sequestrado ou assassinado. Afinal, a Indonésia é um país muçulmano e muito anti-israelense, até antissemita, dizem alguns. Tentei acalmá-los enviando-lhes um link para uma página da Wikipédia que dizia que Bali tem uma grande maioria hindu. Não adiantou. Meu pai insistia em que não é preciso o voto de uma maioria para meter uma bala na minha cabeça. Antigamente bandeiras israelenses eram queimadas na frente da embaixada de Israel em Jacarta, mas, desde que as relações diplomáticas foram rompidas, aquelas bandeiras tinham de ser queimadas na frente da embaixada dos EUA. Eles ganhariam o dia se vissem um israelense vivo e respirando.

Conseguir o visto também foi uma lenha. Tive de esperar cinco dias em Bangcoc, e teria de voltar a Israel se o diretor do festival não conseguisse falar com uma autoridade do Ministério das Relações Exteriores da Indonésia por sua página no Facebook e tornar-se seu amigo ali. Digo ao suíço que em pouco tempo farei uma palestra no evento de abertura, no palácio de Bali, diante do governador e de representantes da família real, e que ele, se conseguir ficar de pé a essa altura, está convidado. O suíço gosta muito da ideia. Tenho de ajudá-lo a se levantar, mas depois do primeiro passo ele consegue andar sozinho.

Há mais de quinhentas pessoas no evento. O governador e os representantes da família real estão sentados na primeira fila. Olham para mim enquanto falo. Não consigo decifrar suas expressões, mas eles parecem muito concentrados. Sou o primeiro escritor israelense na história a visitar Bali. Talvez seja até o primeiro israelense, talvez até o primeiro judeu que alguns membros da plateia já viram. O que eles veem quando olham para mim?

Provavelmente um lagarto e, pelos sorrisos que se espalham lentamente em seus rostos, esse lagarto é muito menor e mais sociável do que eles esperavam.

DEFENSOR DO POVO

Nada como alguns dias no Leste Europeu para trazer à superfície o judeu que há em você. Em Israel, você pode andar o dia todo sob o sol escaldante de camiseta sem mangas e se sentir um gói: um pouco de trance, um pouco de ópera, um bom livro de Bulgákov, um copo de uísque irlandês. Mas, no minuto em que carimbam seu passaporte no aeroporto na Polônia, você começa a se sentir diferente. Talvez ainda possa sentir o gosto de sua vida em Tel Aviv e Deus ainda não se revelou a você na lâmpada fluorescente quebrada que pisca no teto dos terminais de desembarque, mas a cada lufada de carne de porco você se sente cada vez mais uma espécie de converso. Subitamente está cercado pela Diáspora.

Desde o dia de seu nascimento em Israel, você aprendeu que o que aconteceu na Europa nos últimos séculos não passou de uma série de perseguições e pogroms e, apesar dos ditames do bom senso, as lições dessa educação continuam a inflamar em algum lugar em suas entranhas. É uma sensação desagradável, de algum modo sempre reafirmada pela realidade. Nada de grandioso acontece, como fui lembrado na semana passada durante uma viagem ao Leste Europeu: um cossaco não violentou sua mãe ou sua irmã. Pode ser um comentário aparentemente inocente na rua, a pichação de uma Estrela de David e algum lema obscuro em uma parede em ruínas, o modo como as luzes se refletem na cruz da igreja de frente para sua janela de hotel ou como uma conversa entre um casal de turistas alemães ressoa contra o pano de fundo da área rural enevoada da Polônia.

E então começam as perguntas: isso é verdade ou fobia? Todos esses eventos meio antissemitas estão se insinuando em sua mente porque você os esperava? Minha mulher, por exemplo, costuma dizer que tenho um poder sobre-humano quando se trata de detectar suásticas.

Não importa onde estejamos – em Melbourne, Berlim ou Zagreb –, posso localizar uma suástica na área em menos de dez minutos.

Em minha primeira viagem à Alemanha como escritor, há exatos 15 anos, meu editor de lá levou-me a um excelente restaurante bávaro (confesso que soa paradoxal), e assim que nosso prato principal chegou, um alemão alto e robusto, de uns 60 anos, aproximou-se e começou a falar em voz alta. Sua cara estava vermelha e ele parecia embriagado. Do amontoado de palavras alemãs que lançava ao vento, reconheci apenas duas que insistia em repetir: "*Juden raus!*" Fui até o sujeito e disse em inglês, num tom que tentava aparentar calma: "Eu sou judeu. Quer me expulsar daqui? Vamos, faça isso, me expulse." O alemão, que não entendia uma palavra de inglês, continuou gritando e logo estávamos aos empurrões. Meu editor tentou interferir e pediu-me para voltar e me sentar.

– Você não entendeu – ele tentou dizer. Mas insisti. Pensei ter compreendido muito bem. Como segunda geração, filho de sobreviventes do Holocausto, achava que entendia o que estava acontecendo ali melhor do que qualquer um dos calmos fregueses do restaurante. A certa altura, os garçons nos separaram e o bêbado furioso foi tocado dali. Voltei à mesa. Minha comida estava fria, mas não sentia mais fome. Enquanto esperávamos pela conta, meu editor explicou numa voz baixa e grave que o bêbado furioso reclamara que o carro de um dos clientes bloqueara o seu. As palavras que me pareceram *"Juden raus"* na realidade foram *"jeden raus"*, "do lado de fora", em tradução aproximada.

Quando chegou a conta, insisti em pagar. Reparações a uma Alemanha diferente, se preferir assim. O que posso fazer? Mesmo hoje, uma ou outra palavra em alemão me coloca na defensiva. Mas, como dizem, "só porque você é paranoico, não significa que não estejam atrás de você".

Durante os vinte anos em que viajei pelo mundo, colecionei várias observações antissemitas genuínas que não podem ser explicadas por um erro de pronúncia.

Houve, por exemplo, um húngaro que conheci em um bar local depois de um evento literário em Budapeste que insistiu em me mostrar a gigantesca águia alemã tatuada em suas costas. Disse que o avô matara trezentos judeus no Holocausto e ele próprio tinha esperanças de um dia se gabar de um número parecido.

Em uma cidadezinha tranquila da Alemanha Oriental, um ator bêbado que tinha lido um de meus contos duas horas antes explicou-me que o antissemitismo é uma coisa horrível, mas não se pode negar que o comportamento intolerável dos judeus por toda a história ajudou a alimentar as chamas.

Um funcionário de um hotel francês disse a mim e ao escritor árabe-israelense Sayed Kashua que se dependesse dele aquele hotel não aceitaria judeus. Passei o resto da noite ouvindo Sayed resmungar que, além dos 42 anos de ocupação sionista, tinha de suportar o insulto de ser confundido com um judeu.

E apenas uma semana atrás, em uma festa literária na Polônia, alguém na plateia perguntou-me se eu não tinha vergonha de ser judeu. Dei uma resposta lógica e racional que não era nem um pouco emocional. A plateia, que ouvira com atenção, aplaudiu. Mais tarde, porém, em meu quarto de hotel, tive dificuldade para dormir.

Não há nada como o bom sopro dos khamsins de novembro para colocar os judeus em seu lugar. A luz do sol direta do Oriente Médio queima todos os vestígios da Diáspora em você. Meu melhor amigo Uzi e eu estamos sentados na praia de Gordon, em Tel Aviv.

Sentadas ao lado dele estão Krista e Renate.

– Não precisam me dizer – começa Uzi, que tenta disfarçar seu tesão crescente com alguma telepatia malsucedida. – As duas são suecas. – Não. – Renate ri. – Somos de Düsseldorf. Alemanha. Conhece a Alemanha? – Claro – Uzi assente, com entusiasmo. – Kraftwerk, Modern Talking, Nietzsche, BMW, Bayern de Munique... – Ele vasculha o cérebro e procura por outras associações alemãs, em vão. Volta-se para mim: – Ei, meu irmão, por que te mandamos para a faculdade por todos aqueles anos? Que tal contribuir um pouco para a conversa?

RÉQUIEM PARA UM SONHO

Tudo começou com um sonho. Muitos problemas na minha vida começam com um sonho. E nesse sonho eu estava em uma estação ferroviária de uma cidade desconhecida e trabalhava em uma barraca de cachorro-quente. Uma horda de passageiros impacientes se amontoava em volta dela. Todos estavam nervosos, inquietos. Estavam loucos por um cachorro-quente, tinham medo de perder o trem. Berravam pedidos a mim numa língua estranha que parecia uma mistura assustadora de alemão com japonês. Eu lhes respondia na mesma língua estranha e exasperante. Eles tentavam me apressar e eu fazia o máximo para corresponder. Minha camisa estava tão salpicada de mostarda, molhos e chucrute que, em alguns lugares em que ainda era visível, o branco aparecia em pontos. Tentei me concentrar nos pãezinhos, mas não pude deixar de perceber a turba furiosa. Eles me olhavam com olhos vorazes de predadores. Os pedidos na língua incompreensível pareciam cada vez mais ameaçadores. Minhas mãos começaram a tremer. Gotas de suor salgado pingavam de minha testa nas salsichas grossas. E então acordei.

A primeira vez em que tive esse sonho foi cinco anos atrás. No meio da noite, quando saí da cama, coberto de suor, tomei um copo de chá gelado e assisti a um episódio de *The Wire*. Não é que nunca tivesse um pesadelo na vida, mas, quando vi que esse começava a ficar à vontade em meu inconsciente, entendi que tinha um problema, um problema que nem a combinação vencedora de chá gelado e o policial Jimmy McNulty poderia resolver.

Uzi, um notório aficionado por sonhos e cachorro-quente, decifrou o significado rapidamente.

– Você é da segunda geração – disse. – Seus pais foram obrigados da noite para o dia a deixar seu país, sua casa, seu meio social natural. Essa experiência inquietante passou da consciência perturbada de seus pais para a sua, que, para começar, já era perturbada. Acima de tudo, há a realidade instável de nossa vida no Oriente Médio e você agora é pai. Mexa tudo e o que você consegue? Um sonho que inclui todos os seus temores: o de ser arrancado de sua terra, o de ser obrigado a trabalhar em algo desconhecido ou inadequado. Pronto, está tudo aí.

– Faz sentido – disse. – Mas o que faço para que esse pesadelo não volte... Procuro um psicólogo?

– Isso não vai te adiantar de nada – respondeu ele. – O que o terapeuta vai dizer? Que seus pais não foram realmente perseguidos pelos nazistas, que não há possibilidade de Israel ser destruída e fazer de você um refugiado? Que mesmo com sua coordenação lesada você pode se dar bem se vender cachorro-quente? O que você precisa não é de um monte de mentiras de um PhD em psicologia clínica. Você precisa de uma solução verdadeira: um pé-de-meia em uma conta bancária no exterior. Todo mundo está fazendo isso. Acabo de ler no jornal que contas no exterior, passaportes estrangeiros e veículos 4x4 são as três tendências oficiais deste verão.

– E vai dar certo? – perguntei.

– Como um talismã – prometeu Uzi. – Vai ajudar no sonho e na realidade. Não vai evitar que você se torne um refugiado, mas pelo menos você será um refugiado com uma grana boa. Do tipo que, mesmo que acabe numa barraca de cachorro-quente em uma estação de trem na Japalemanha, terá dinheiro suficiente para contratar outro refugiado com uma sorte ainda mais lesada para ficar ali atochando chucrute.

Tirar vantagem de refugiados não era uma ideia que a princípio me atraísse, mas, depois de mais algumas visitas noturnas à barraca de cachorro-quente, decidi entrar nessa. Na internet, encontrei um bom site de um banco australiano com um vídeo promocional que mostrava não só paisagens de tirar o fôlego como uma caixa sorridente, que parecia a irmã ainda mais bonita da Julia Roberts e insistia em que guardasse meu dinheiro com eles.

Uzi rejeitou a ideia de cara.

– Daqui a dez anos a Austrália nem estará mais lá. Se o buraco na camada de ozônio não acabar com eles, a concorrência chinesa acabará. Isso é certo. Meu primo trabalha no Mossad, Divisão do Pacífico. Vá para a Europa. Qualquer lugar, menos a Rússia e a Suíça.

— Qual o problema lá?

— A economia russa é instável — explicou Uzi, e deu uma grande dentada no faláfel. — E a Suíça... sei lá. Não gosto deles. Eles são meio frios, entende?

Por fim, encontrei um bom banco nas ilhas do canal da Mancha. É verdade que, antes de procurar por um banco, nem mesmo sabia que havia ilhas no canal da Mancha. E pode bem acontecer que, na pior hipótese de uma guerra mundial, os bandidos que conquistarem o mundo nem percebam também que existem ilhas ali e que, sob a ocupação global, meu banco fique livre. O cara no banco que concordou em receber meu dinheiro se chamava Jeffrey, mas insistiu em que o tratasse por Jeff. Um ano depois, foi substituído por alguém chamado John ou Joe e depois foi um sujeito muito bacana de nome Jack. Todos eram simpáticos e educados e, quando falavam de minhas ações, de meus títulos e de seu futuro seguro, faziam questão de usar corretamente os verbos no tempo presente, algo que Uzi e eu jamais conseguimos fazer. O que só me tranquilizou ainda mais.

À minha volta, os conflitos no Oriente Médio ficavam cada vez mais agressivos.

Mísseis Grad do Hezbollah caíam em Haifa e foguetes do Hamas destruíam prédios em Ashdod. Mas, apesar das explosões ensurdecedoras, durmo como um bebê. E não é que não tivesse mais nenhum sonho, mas sonhava com o cenário pastoril de um banco, cercado pela água, e Jeffrey, John ou Jack levava-me até lá numa gôndola. A vista da gôndola era deslumbrante, um peixe-voador nadava conosco e cantava para mim, numa voz humana meio parecida com a de Celine Dion, sobre o esplendor e a beleza de minha carteira de investimentos, que aumentava a cada minuto.

Segundo os gráficos em Excel de Uzi, ela aumentará a ponto de um dia eu abrir pelo menos duas barracas de cachorro-quente ou, se preferir, um quiosque com telhado.

E então veio outubro de 2008 e o peixe no meu sonho parou de cantar. Depois que o mercado teve um colapso, telefonei para Jason, que substituía o último J da lista, e perguntei se ele achava que eu deveria vender. Ele disse que era melhor esperar. Não me lembro exatamente de como ele disse isso, só que ele também, como todos os Js antes, fazia um uso muito correto do tempo presente. Duas semanas depois, meu dinheiro valia 30% a menos. Em meus sonhos, o banco ainda parecia o mesmo, mas a gôndola começava a adernar e o peixe-voador, que não parecia mais nem um pouco simpático, começou a falar comigo no mesmo dialeto familiar nipo-germânico. Mesmo se quisesse, não conseguiria suborná-los com um bom cachorro-quente. Os gráficos em Excel de

Uzi não deixaram dúvida de que eu não tinha dinheiro suficiente para uma barraca. Insisti em telefonar para o banco. Em nossas primeiras conversas, Jason parecia otimista. Depois começou a ficar na defensiva e, de certa altura em diante, simplesmente indiferente. Quando perguntei se estava cuidando de meus investimentos e tentando fazer alguma coisa para salvar o que restava deles, explicou a política do banco: a gestão proativa começava com carteiras de no mínimo um milhão de dólares. Entendi então que nunca mais faríamos uma viagem de gôndola juntos.

– Veja pelo lado positivo – disse Uzi, e apontou a foto de um homem simpático no suplemento financeiro do jornal. – Pelo menos você não investiu seu dinheiro com Madoff.

Quanto a Uzi, ele passou pela crise incólume; apostou todo seu dinheiro nas safras de trigo da Índia, em armas de Angola ou vacinas da China. Antes dessa conversa, eu nunca tinha ouvido falar de Bernard Madoff, mas agora sei tudo sobre Bernie e Ruth. Pensando bem, tirando a parte sobre as fraudes, temos muito em comum: dois judeus inquietos que adoram inventar histórias e ficaram navegando pelos anos numa gôndola com um buraco no fundo. Será que ele também, anos atrás, uma vez sonhou que vendia cachorro-quente na estação de trem? Quem sabe ele também tem um amigo de verdade, como Uzi, que nunca parou de dar conselhos inúteis?

O cara no noticiário acaba de anunciar um estado de alerta no centro do país e que houve bloqueios de algumas rodovias. Há boatos de que um soldado foi sequestrado. A caminho de casa, compro um pacote de fraldas para Lev e paro na videolocadora para pegar alguns episódios de *The Wire*. Sempre é bom prevenir.

PAISAGEM AO LONGE

O piloto de voz serena se desculpa novamente no sistema de som. Estava programado para o avião decolar duas horas antes, e ainda não partimos. "Nossa tripulação ainda não conseguiu determinar o problema do avião, assim pedimos a nossos passageiros que desembarquem, por favor. Daremos novas notícias assim que pudermos."
    O jovem magricela sentado a meu lado fala.
    – Sou eu. Eu fiz isso. Quando entramos no avião, eu falava com minha mulher por celular, lembra? Ela me disse que estava indo para a praia com nossa filha e o neném. Estou sentado aqui com o cinto de segurança afivelado e só consigo pensar nisso: Por que estou indo para a Itália? Em vez de passar o sábado com minha mulher e minhas filhas, por que vou encarar um voo de seis horas, e até fazer conexão, para uma reunião de uma hora que meu chefe disse que era importante? Espero que o avião pife. Juro, foi o que pensei: Espero que o avião pife. E olha o que aconteceu.
    Ao voltarmos para o terminal, uma mulher avantajada com um vestido florido e que arrastava uma mala

do tamanho de um caixão aproxima-se do magricela e lhe pergunta de onde ele vem.
– Quem liga para de onde viemos? – Ele pisca para mim. – O que importa é aonde vamos.
Dali a algumas horas, quando eu estiver no pequeno avião substituto e apinhado que me levará a Roma a caminho da Sicília, andarei pelo corredor e notarei que o magricela não está ali. Por todo o voo, vou imaginá-lo na praia em Tel Aviv construindo castelos de areia com a mulher e as filhas e ficarei com inveja.
Também tenho uma mulher e um garotinho esperando por mim em Tel Aviv. Desde o início, esta viagem também foi um verdadeiro inconveniente para mim e está se tornando menos desejável a cada minuto de atraso. No fim da tarde de sábado, devo participar de um evento no pequeno festival siciliano do livro na cidade de Taormina. Quando os organizadores me convidaram, concordei em ir porque pensei que podia levar minha família, mas, algumas semanas atrás, minha mulher se lembra que tinha um compromisso profissional já agendado e fiquei preso a minha promessa de comparecer ao festival. A viagem, originalmente planejada para uma semana, seria encurtada para dois dias e agora, por acaso, devido aos poderes sobrenaturais de um jovem magricela que queria brincar na areia com os filhos, metade desses dois dias seria desperdiçada em aeroportos.
Devido ao atraso, perdi minha conexão de Roma para Catânia, na Sicília. Quando finalmente chego à ilha, há

outra longa viagem a Taormina, e quando chego ao hotel, já escureceu. Um funcionário bigodudo da recepção entrega a chave do meu quarto. Dormindo deitado num pequeno sofá do saguão, vejo um garotinho bonito, de uns 7 anos, parecido com o funcionário da recepção, a não ser pelo bigode. Vou para a cama completamente vestido e caio no sono.

A noite passa em um longo e escuro instante sem sonhos, mas a manhã compensa. Abro a janela e descubro que estou em um sonho: estende-se diante de mim uma linda paisagem de praia e casas de pedra. Uma longa caminhada e algumas conversas num inglês capenga pontuado de muita gesticulação entusiasmada reforçam a sensação de irrealidade do lugar. Afinal, conheço muito bem este mar: é o mesmo Mediterrâneo que fica apenas a uma caminhada de cinco minutos de minha casa em Tel Aviv, mas a paz e a tranquilidade transmitidas pelos moradores daqui é algo que nunca encontrei. O mesmo mar, mas sem a nuvem existencial sombria e assustadora que estou acostumado a ver pairando sobre ele.

Talvez seja isso o que Shimon Peres quis dizer naqueles dias inocentes, quando falou de "o novo Oriente Médio".

Esta é a primeira festa literária de Taormina. O pessoal da equipe organizadora é extremamente gentil e o clima é relaxado; esta festa parece ter tudo, menos uma plateia nos eventos. Mas não estou julgando os moradores da cidade: quando se está no coração de um paraíso como este, no meio de um mês de julho quente, você preferiria passar o dia em uma das praias mais bonitas do mundo ou em um jardim público tomado de mosquitos e com sua mente entorpecida por um escritor de cabelo maluco que fala um inglês de sotaque esquisito? Mas, na atmosfera harmoniosa de Taormina, nem uma plateia pequena é considerada um fracasso. Penso que essas pessoas agradáveis, que falam um italiano tão adorável e melodioso e moram em um lugar tão lindo, aceitariam até furúnculos e pragas com um sorriso compreensivo. Depois do evento, o educado intérprete do inglês aponta para o mar escuro e me diz que durante o dia é possível ver o continente italiano dali.

– Está vendo aquelas luzes lá? – pergunta, apontando alguns pontos bruxuleantes. – Ali é Reggio Calabria, a cidade mais ao sul da Itália.

Quando era criança, meus pais costumavam me contar histórias para dormir. Na Segunda Guerra Mundial, as histórias que os pais *deles* contavam nunca eram lidas dos livros porque não havia livros para ler, assim eles as inventavam. Agora que eles próprios eram pais, continuaram essa tradição e, desde tenra idade, senti um orgulho especial porque as histórias para dormir que ouvia toda noite não podiam ser compradas em loja nenhuma; eram só minhas. As histórias de minha mãe sempre falavam de anões e fadas, enquanto as de meu pai tratavam da época em que ele morara no Sul da Itália, de 1946 a 1948.

Seus companheiros do Irgun queriam que ele tentasse comprar armas para eles, e depois de perguntar por aí e puxar algumas cordinhas, meu pai se viu na extremidade sul da Itália, da qual se pode ver a costa siciliana – Reggio Calabria. Ali ele fez contato com a máfia local e, no fim, convenceu-os a lhe vender fuzis para o Irgun para combater os britânicos. Como ele não tinha dinheiro para alugar um apartamento, a máfia local lhe ofereceu acomodações gratuitas em um armazém de propriedade deles e essa, ao que parece, foi a melhor época de sua vida.

Os heróis das histórias para dormir de meu pai sempre eram bêbados e prostitutas e, como criança, eu os amava muito. Eu ainda não sabia o que era um bêbado e uma prostituta, mas reconhecia a magia, e as histórias para dormir de meu pai eram cheias de magia e compaixão. E agora, quarenta anos depois, aqui estou eu, não muito longe do mundo das histórias de minha infância. Procuro imaginar meu pai, na época com 19 anos, vindo aqui depois da guerra, a este local que, apesar de seus muitos problemas e suas muitas vielas escuras, projeta tamanha sensação de paz e tranquilidade. Comparado com os horrores e a crueldade que ele testemunhara durante a guerra, é fácil imaginar como suas novas relações do submundo devem ter lhe parecido: felizes, até compassivas. Ele anda pela rua, rostos sorridentes lhe desejam bom-dia em um italiano melífluo e pela primeira vez em sua vida adulta ele não precisa ter medo, nem esconder o fato de ser judeu.

Quando tento reconstituir essas histórias para dormir que meu pai me contou anos atrás, percebo que, muito além de suas tramas fascinantes, elas pretendiam me ensinar alguma coisa.

Algo sobre a necessidade humana quase desesperada de encontrar o bem nos lugares menos prováveis. Algo sobre o desejo não de embelezar a realidade, mas de insistir na busca por um ângulo que coloque a feiura em uma luz melhor e crie afeto e empatia por cada verruga e ruga em sua cara marcada. E aqui, na Sicília, 63 anos depois de meu pai deixá-la, diante de algumas dezenas de pares de olhos fixos e muitas cadeiras de plástico vazias, essa missão repentinamente parece mais possível do que nunca.

ANO 3

GUERRA DE PALITOS DE FÓSFORO

Quando os combates em Gaza começaram no mês passado, vi-me com muito tempo de sobra.

A universidade em Bersebá onde lecionava ficava na linha de tiro dos mísseis disparados pelo Hamas, e tiveram de fechá-la. Mas, depois de duas semanas, foi reaberta e no dia seguinte vi-me fazendo de novo a viagem de trem de uma hora e meia de Tel Aviv, onde moro, a Bersebá. Metade dos alunos estava ausente – principalmente os do centro do país – mas a outra metade, os que moravam em Bersebá, apareceu. As bombas caíam sobre eles de qualquer jeito, e o pensamento comum entre os alunos era que as salas de aula da universidade eram mais protegidas do que seus alojamentos e conjuntos habitacionais.

Enquanto tomava café no refeitório, o alarme de abrigo antiaéreo começou a trombetear do lado de fora. Não havia tempo para chegar a um bom abrigo, assim corri com algumas outras pessoas para a entrada de paredes grossas e quase sem janelas de um prédio próximo da universidade.

À minha volta estavam alguns estudantes assustados e um professor de expressão circunspecta que continuou a comer seu sanduíche na escada de concreto como se nada estivesse acontecendo. Dois alunos disseram que ouviram uma explosão ao longe, assim provavelmente era seguro sair, mas o professor, de boca ainda cheia, observou que às vezes eles lançavam mais de um míssil e que era melhor esperar mais alguns minutos. Foi enquanto eu estava esperando ali que reconheci Kobi, um garoto maluco de minha infância, em Ramat Gan, que gostara tanto da quinta série que ficou nela por dois anos.

Aos 42, Kobi era exatamente o mesmo. Não que parecesse especialmente jovem; era só que, mesmo na educação infantil, parecia estar perto da meia-idade: pescoço grosso e peludo, corpo vigoroso, testa alta e a expressão sorridente, porém dura, de uma criança envelhecida que já aprendera algumas coisas sobre este mundo estúpido. Pensando bem agora, o boato maldoso entre as crianças da escola de que ele já fazia a barba deveria ser verdade.

– Bem, mas quem diria? – disse Kobi, dando-me um abraço. – Você não mudou nem um pouco – e acrescentou, para ser mais preciso –, até a mesma altura.

Kobi e eu colocamos a vida em dia um pouco. Depois de um tempo as pessoas à nossa volta sentiram-se seguras o suficiente para sair do espaço protegido e o deixaram para nós.

– Aquele foguete Qassam foi um golpe de sorte – disse Kobi. – Pense bem: se não fosse por ele teríamos passado um pelo outro e não nos encontrado.

Kobi disse que não morava ali perto. Viera xeretar. Agora que Bersebá estava ao alcance dos mísseis, isso abria algumas possibilidades imobiliárias. O valor das terras caíra; o Estado concederia alvarás de construção a mais. Em resumo, um empresário que jogasse corretamente suas cartas podia encontrar ótimas oportunidades.

A última vez em que nos encontramos fora há quase vinte anos. Também havia mísseis na época, Scuds que Saddam Hussein fazia chover em Ramat Gan. Kobi ainda morava na mesma casa. Eu voltara a morar com meus teimosos pais, que se recusavam a sair da cidade. Kobi levou nosso amigo Uzi e eu ao apartamento de seus pais e nos mostrou o que chamava de Museu de Armas e Palitos de Fósforo. Ali, nas paredes do quarto de sua infância, estava pendurada uma coleção impressionante de armamento: espadas, pistolas e até malhos. Abaixo delas, havia uma imensa Torre Eiffel e um violão em tamanho natural, que fizera com palitos de fósforo. Ele nos explicou que o museu originalmente era dedicado somente a armas, mas depois de cumprir pena por roubar granadas para a coleção, aproveitara a sentença de oito meses para construir a Torre Eiffel e o violão e os acrescentou à coleção.

Naquela época, ele estava especialmente preocupado que o ataque iraquiano com mísseis espatifasse a Torre Eiffel, em que ele gastara a maior parte de seu tempo na cadeia. Hoje, suas criações de palito de fósforo ainda estão na casa dos pais, mas Ramat Gan fica fora da linha de tiro dos mísseis e dos foguetes.

– No sentido da Torre Eiffel de palito de fósforo – disse Kobi –, minha situação nos últimos vinte anos sem dúvida melhorou a olhos vistos. Tenho minhas dúvidas quanto ao resto.

No trem de Bersebá, li um jornal que alguém deixara em uma poltrona. Havia um artigo sobre os leões e os avestruzes do zoológico de Gaza. Sofriam com o bombardeio e não eram alimentados regularmente desde o início da guerra. O comandante da brigada queria resgatar um leão em particular em uma operação especial e transferi-lo para Israel. Os outros animais teriam de se virar sozinhos. Outro artigo, menor, sem fotografia, falava que o número de crianças mortas no bombardeio de Gaza até agora passava de trezentos. Como os avestruzes, o resto das crianças também teria de se virar sozinho. Nossa situação no plano da Torre Eiffel de palito de fósforo de fato melhorou em níveis sem precedentes. Quanto ao resto, assim como Kobi, tenho minhas dúvidas.

SONHOS SUECOS

Minha visita na semana passada à Feira do Livro de Gotemburgo, na Suécia, teve um início estressante. Semanas antes de eu chegar a essa cidade tranquila, que se vangloria de ter o maior parque de diversões do Norte da Europa, um tabloide local publicou uma reportagem que acusava Israel de roubar órgãos de palestinos mortos pelo Exército israelense. A reportagem conseguiu dar um salto quântico impressionante de lógica ao relacionar uma acusação sem fundamento contra o Exército israelense com algo que supostamente fizera no início dos anos 1990 a um rabino de Nova Jersey acusado de traficar órgãos humanos em 2009, como se o tempo de mais de uma década e o espaço de milhares de quilômetros fosse apenas um detalhe banal. A única coisa que faltava no artigo era uma receita para o preparo de matzá com o sangue de crianças cristãs.

O artigo absurdo recebeu uma resposta não menos absurda do governo israelense, que exigiu que o primeiro-ministro sueco se desculpasse. Os suecos, naturalmente, recusaram-se e alegaram liberdade de imprensa, mesmo que nesse caso a imprensa fosse de qualidade duvidosa.

E Israel reagiu imediatamente com a arma pouco convencional que guarda escondida para conflitos dessa magnitude: um boicote de consumidores à Ikea. No meio dessa tempestade política hiperventilada, este que vos fala viu-se passando o Rosh Hashaná com uma plateia de leitores suecos educados que lhe agradeciam generosamente por suas histórias, mas também ficavam de olho enquanto ele autografava seus livros, para ter certeza de que ele não se aproveitaria do momento para afanar um ou dois rins.

Mas meu verdadeiro drama sueco começou quando percebi que havia o risco de não conseguir voltar a Israel antes do Yom Kipur. Ao longo de alguns anos, passei alguns feriados fora de Israel e, apesar da cara chorona de autopiedade que sempre apresento às pessoas à minha volta, tenho de confessar que com frequência senti certo alívio por passar um Dia da Independência sem uma exibição dos aviões da Força Aérea bem acima de minha cabeça ou uma véspera de Shavuot sem tios e tias que se ofendiam porque eu rejeitava seus convites para um jantar de feriado. Mas sempre fiz o possível para estar em Israel no Yom Kipur. Por todos estes anos, por toda minha vida.

Na noite depois que o problema com meu voo de volta foi resolvido – com ajuda do safo agente de viagens de meu anfitrião –, convidei a todos para comemorar nosso sucesso em um restaurante sueco chamado, por algum motivo, Cracow, famoso, naturalmente, por sua enorme seleção de cervejas tchecas.

– Agora que tudo deu certo, talvez você possa nos explicar o que há de tão especial nesse feriado – perguntou meu jovem editor sueco.

E assim me vi, com a barriga cheia de chope e salada de batata, tentando explicar a alguns suecos literatos meio embriagados o que é o Yom Kipur.

Os suecos ouviram e ficaram fascinados. A ideia de um dia em que nenhum veículo motorizado percorre as ruas, as pessoas andam sem a carteira e todas as lojas estão fechadas, um dia em que não há transmissões pela TV, nem mesmo atualizações nos sites da internet – tudo lhes pareceu um conceito inovador de Naomi Klein, e não um antigo feriado judaico. O fato é que também é um dia em que você deve pedir perdão aos outros e fazer uma avaliação moral aprimorada da perspectiva anticonsumista com um toque bem-vindo de hippismo dos anos 1960. E a parte do jejum pareceu uma versão radical da dieta de baixo carboidrato da moda, da qual eles tinham me falado em termos tão inflamados naquela mesma manhã. Assim, comecei a noite tentando explicar o antigo ritual hebraico em meu inglês imperfeito e me vi fazendo relações públicas para o feriado mais legal e mais aguardado do universo, o iPhone de todos os festivais.

A essa altura, os maravilhados suecos estavam consumidos de inveja de mim por ter nascido em uma religião tão maravilhosa. Seus olhos disparavam pelo restaurante e miravam os clientes como se procurassem por um mohel para fazê-los entrar no clube dos circuncidados.

Vinte e seis horas depois, eu andava com minha mulher por uma das ruas mais movimentadas de Tel Aviv, nosso filho pequeno montado na bicicleta de rodinhas. Acima de nós, os passarinhos gorjeavam seu canto matinal. Passei toda minha vida adulta nessa rua, mas só conseguia ouvir os passarinhos no Yom Kipur.

– Papai – perguntou meu filho, enquanto pedalava e ofegava –, amanhã é Yom Kipur também, né?

– Não, filho – respondi –, amanhã é um dia comum.

Ele caiu em prantos. Fiquei parado no meio da rua, vendo o menino chorar.

– Anda logo – cochichou-me minha mulher. – Diga alguma coisa a ele.

– Não há nada para dizer, amor – cochichei em resposta. – O menino tem razão.

EXÉRCITO DE FRALDAS

Não quero me gabar, mas consegui angariar um status único e um tanto mítico entre os pais que levam os filhos ao parque Ezekiel, o lugar preferido de meu filho em Tel Aviv. Não posso atribuir essa realização especial a nenhum carisma avassalador que talvez eu tenha, mas a duas características comuns e medíocres: sou homem e quase nunca trabalho. E assim, no parque Ezekiel, fui apelidado de "ha-abba", "o pai", um apelido quase religioso e ligeiramente gentio entoado com grande respeito por todos os frequentadores. Parece que a maioria dos pais em meu bairro vai trabalhar toda manhã e, assim, a ociosidade inerente que me atormenta por tantos anos finalmente é interpretada como sensibilidade e afeto excepcionais de alguém que mostra uma compreensão verdadeira da alma jovem e terna das crianças.

Como "o pai", posso ter um papel ativo nas conversas sobre uma ampla variedade de assuntos que até recentemente me eram estranhos, além de ampliar meu conhecimento em temas como amamentação, bombas mamárias e os méritos relativos das fraldas de pano em oposição às descartáveis. Há algo quase perversamente tranquilizador em discutir essas coisas. Como um judeu estressado que considera sua sobrevivência momentânea excepcional e nem um pouco banal e cujos alertas do Google diários limitam-se ao estreito território entre "desenvolvimento nuclear iraniano" e "judeus+genocídio", não há nada mais agradável do que algumas horas tranquilas discutindo esterilização de mamadeiras com sabonete orgânico e assaduras avermelhadas no bumbum de um bebê. Mas esta semana a magia terminou e a realidade política se esgueirou sorrateiramente para meu paraíso particular.

– Diga-me uma coisa – perguntou com inocência Orit, mãe de Ron, um menino de 3 anos. – Lev irá para o Exército quando crescer?

A pergunta me pegou inteiramente de guarda baixa. Nos últimos três anos, tive de lidar com algumas perguntas especulativas sobre o futuro de meu filho, a maior parte delas irritantes, porém inofensivas, do tipo "você o aconselharia a ser artista, embora pelas suas roupas não deva haver muito dinheiro nisso?". Mas essa pergunta sobre o Exército lançou-me em um mundo surreal e diferente, em que vi dezenas de bebês robustos embrulhados em fraldas de pano ecologicamente corretas descendo das montanhas em pequenos cavalos, brandindo armas em suas mãos rosadas, soltando gritos de batalha homicidas. E diante deles, sozinho, está o pequeno e rechonchudo Lev, de farda e colete do Exército. Um capacete de aço verde, meio grande demais, escorrega na frente dos seus olhos e ele segura firmemente nas mãos minúsculas um fuzil com baioneta. A primeira onda de soldados inimigos de fraldas quase o alcançou. Ele pressiona o fuzil contra o ombro e fecha um dos olhos para mirar...

– E então, o que me diz? – Orit despertou-me de meu amargo devaneio. – Vai deixar que ele sirva no Exército ou não? Não me diga que vocês ainda não conversaram sobre isso.

Há algo de acusador em seu tom, como se o fato de minha mulher e eu não termos discutido o futuro militar de nosso filho estivesse na mesma escala de não levá-lo à vacinação contra sarampo. Recusei-me a ceder ao sentimento de culpa que me vinha tão naturalmente e respondi sem hesitar.

– Não, não falamos nisso. Ainda temos tempo. Ele só tem 3 anos.

– Se você acha que ainda tem tempo, problema seu – rebateu Orit, com sarcasmo. – Reuven e eu já nos decidimos sobre Ron. Ele não vai para o Exército.

Naquela noite, sentado diante do noticiário da TV, contei a minha mulher sobre o estranho incidente no parque Ezekiel.

– Não é esquisito ficar falando de recrutar uma criança que ainda não consegue colocar a cueca sozinha?

– Não é nada esquisito – respondeu minha mulher. – É natural. Todas as mães no parque me falam disso.

– E por que elas não me falaram nada até agora?

– Porque você é homem.

– E daí que eu seja homem? – argumento. – Elas não têm nenhum problema para me falar de amamentação.

– Porque elas sabem que você vai entender e será solidário com a amamentação, mas simplesmente será sarcástico quando se trata de servir no Exército.

– Não fui sarcástico – defendi-me. – Só disse que é um assunto estranho para ser tratado quando a criança é tão pequena.

– Lido com isso desde o dia em que Lev nasceu – confessou minha mulher. – E já que estamos discutindo isso agora, não quero que ele vá para o Exército.

Fiquei em silêncio. A experiência me ensinou que há algumas situações em que é melhor ficar calado. Isto é, tentei ficar calado. A vida me dá bons conselhos, mas às vezes me recuso a aceitar.

– Acho que é muito controlador dizer algo assim – disse por fim. – Afinal, ele é que terá de decidir essas coisas sozinho.

– Prefiro ser controladora – respondeu minha mulher – a participar de um funeral militar no Monte das Oliveiras daqui a 15 anos. Se é ser controlador impedir que um filho coloque a própria vida em risco, então sou exatamente isso.

A essa altura, a discussão ficou acalorada e desliguei a TV.

– Preste atenção no que está dizendo – continuei. – Você fala como se servir no Exército fosse um esporte radical. Mas o que podemos fazer? Vivemos em uma parte do mundo onde nossa vida depende dele. Assim, o que você está dizendo na realidade é que prefere que os filhos dos outros entrem para o Exército e sacrifiquem sua vida, enquanto Lev curte a vida dele aqui, sem assumir risco nenhum, sem suportar as obrigações que pede a situação.

– Não – respondeu minha mulher. – Estou dizendo que poderíamos ter chegado a uma solução pacífica há muito tempo, e ainda podemos. E que nossos líderes se permitem não fazer isso porque sabem que a maioria das pessoas é como você: não hesitaria em colocar a vida dos filhos nas mãos irresponsáveis do governo.

Estava prestes a responder quando senti outro par de olhos imensos me observando. Lev estava parado na entrada da sala de estar.

– Papai, por que você e a mamãe estão brigando?

– Não estamos brigando de verdade. – Tento inventar alguma coisa. – Isso não é uma briga *real*, é só um treino.

Desde aquela conversa com Orit, nenhuma das mães no parque voltou a falar comigo sobre o serviço militar de Lev. Mas ainda não consigo tirar da cabeça a imagem dele de farda, armado com um fuzil. Ontem mesmo, na caixa de areia, eu o vi empurrar Ron, o filho pacifista de Orit, e depois, a caminho de casa, ele perseguiu um gato com um pedaço de pau.

"Comece a economizar, papai", digo a mim mesmo. "Comece a economizar para um advogado de defesa. Você não só está criando um soldado, mas um possível criminoso de guerra." Ficaria feliz em partilhar esses pensamentos com minha mulher, mas, depois de mal sobrevivermos ao nosso último embate, não quero começar outro.

Conseguimos encerrar nossa discussão com uma espécie de conciliação. Primeiro, sugeri o que parecia um acordo justo: quando o garoto tivesse 18 anos, decidiria sozinho. Mas minha mulher rejeitou categoricamente a ideia e alegou que ele jamais seria capaz de uma decisão realmente livre com toda a pressão social em volta dele. No fim, por cansaço e na ausência de outra solução, decidimos pela conciliação com base no único princípio em que verdadeiramente concordamos: passar os 14 anos seguintes trabalhando para a família e a paz regional.

VENERAÇÃO DO ÍDOLO

Quando eu tinha 3 anos, tinha um irmão de 10 e torcia, do fundo do meu coração, para ser igual a ele quando crescesse. Não que houvesse alguma chance. Meu irmão mais velho já havia pulado duas séries na escola e tinha uma compreensão invejável de tudo, de física atômica e programação de computadores ao alfabeto cirílico. Mais ou menos nessa época, meu irmão começou a ter uma séria preocupação comigo. Um artigo que ele leu no *Haaretz* dizia que os analfabetos são excluídos do mercado de trabalho e o incomodava muito que seu querido irmão de 3 anos viesse a ter dificuldade para encontrar emprego. Assim, começou a me ensinar a ler e escrever com uma técnica singular que chamava de "método do chiclete". Funcionava da seguinte maneira: meu irmão apontava uma palavra que eu tinha de ler em voz alta. Se eu lesse corretamente, ele me dava um pedaço de chiclete não mastigado. Se cometesse um erro, ele grudava o chiclete que mascava no meu cabelo. O método funcionou como mágica e, aos 4 anos, eu era a única criança na creche que sabia ler. Também era a única criança que, pelo menos à primeira vista, parecia ficar careca. Mas isso é outra história.

Quando eu tinha 5 anos, tinha um irmão de 12, que encontrara Deus e foi para um internato religioso e, do fundo do meu coração, eu torcia para ser igual a ele quando crescesse. Ele costumava falar muito comigo sobre religião. E eu achava que os midrashim de que ele me falara eram as coisas mais legais do mundo. Ele era o aluno mais novo da escola – porque pulara todas aquelas séries –, mas todos o admiravam. Não por ele ser tão inteligente – de certo modo, isso era o que menos importava no internato –, mas porque ele era bem-humorado e prestativo. Lembro-me de visitá-lo em um feriado de Purim e cada aluno que encontrávamos agradecia a ele por alguma coisa: um por ajudar a estudar para uma prova, outro por consertar um rádio transistor para que ele pudesse ouvir heavy metal escondido e outro ainda por lhe emprestar um par de tênis antes de um jogo de futebol importante. Ele andava por aquele lugar como um rei tão modesto e sonhador que nem mesmo sabia que era majestoso, e eu ia em sua esteira como um príncipe demasiadamente consciente da realeza dele. Lembro-me de pensar então que toda a história de acreditar em Deus também faria parte de meu futuro. Afinal, meu irmão sabia de tudo, e se ele acreditava no Criador, tinha de existir um.

Quando eu tinha 8 anos, tinha um irmão de 15, que abandonara a religião e foi para o colégio estudar matemática e ciência da computação e, do fundo do meu coração, eu torcia para ser igual a ele quando crescesse. Ele morava em um apartamento com a namorada de óculos, que tinha 24 anos, uma idade que, de minha perspectiva infantil, era velha. Eles costumavam se beijar, beber cerveja e fumar cigarros, e eu tinha certeza de que, se jogasse corretamente minhas cartas, dali a sete anos estaria lá. Ficaria sentado no gramado da Universidade Bar Ilan e comeria queijo quente do refeitório. Também teria uma namorada de óculos e ela me beijaria, de língua e tudo. O que poderia ser melhor do que isso?

Quando eu tinha 14 anos, tinha um irmão de 21, que lutara na Guerra do Líbano. Muitos de meus colegas de turma tinham irmãos que lutaram nessa guerra. Mas o meu era o único que eu sabia não ser a favor dela. Embora fosse soldado, ele jamais vibrara com a ideia de disparar armas e lançar granadas, especialmente com a necessidade de matar o inimigo. Na maior parte do tempo, fazia o que mandavam e o resto do tempo passou em tribunais militares. Quando foi julgado e considerado culpado de "comportamento impróprio a um soldado do Exército", depois de ter transformado uma antena de TV em um totem gigante com cabeça e asas de águia, minha irmã e eu entramos de fininho numa base remota do deserto de Neguev, onde ele estava confinado. Passamos horas jogando cartas com ele e outro soldado, Mosco, também em confinamento, mas por motivos um pouco menos criativos. E enquanto vi meu irmão com sua calça do Exército, o peito nu, pintar uma aquarela da fonte de água doce que corria embaixo da base, entendi que era exatamente isso que eu queria ser quando crescesse: um soldado que, mesmo de farda, jamais esquece seu espírito livre.

Passaram-se anos desde que entrara escondido na base de meu irmão. Nesse período, ele conseguiu se casar e se divorciar, e se casou mais uma vez. Também conseguiu trabalhar em bem-sucedidas empresas de alta tecnologia e deixá-las para se dedicar, com a segunda mulher, ao tipo de atividade social e política que os jornalistas chamam de "radical" – coisas como combater os registros biométricos e a violência policial e lutar pelos direitos humanos e a legalização da maconha. Nesse período, também consegui crescer e mudar, o que fez com que, além do amor que sempre tivemos um pelo outro, a única constante em nossa relação fosse a diferença de sete anos entre nós. Por toda essa longa jornada, jamais consegui ser mais do que um pouco do que era meu irmão e, a certa altura, acho que parei de tentar. Em parte porque a rota estranha de meu irmão era muito difícil de seguir e em parte porque tinha minhas próprias crises e confusões pessoais com que lidar.

Há cinco anos meu irmão mais velho e sua mulher moram na Tailândia. Criam sites da internet para organizações israelenses e internacionais que tentam tornar nosso mundo um pouco melhor e conseguem viver muito bem em seu apartamento aconchegante, na cidade de

Trat, com os modestos honorários que ganham por seu trabalho. Eles não têm ar-condicionado, nem banheira, nem um banheiro com água corrente, mas têm muitos amigos e vizinhos que fazem a comida mais gostosa do mundo e estão sempre felizes em visitar ou receber. Quatro semanas atrás, minha mulher, Lev e eu pegamos um avião para ver a casa nova dos dois. Enquanto estávamos lá, demos um passeio de elefante e o do meu irmão estava alguns passos à frente do meu. Ambos eram conduzidos por tailandeses experientes. Depois de percorrermos algumas centenas de metros, vi o condutor de meu irmão sinalizar que ele deveria assumir a condução de seu animal. O tailandês foi se sentar na garupa do elefante e meu irmão se encarregou dele. Não gritou com o elefante nem o chutou de leve, como fazia o condutor local. Apenas se curvou para frente e sussurrou algo na orelha do elefante. De onde eu estava, parecia que o elefante assentia e se voltava para o lado que meu irmão queria. E naquele momento me voltou... a sensação que tivera por toda a minha infância e adolescência. Aquele orgulho de meu irmão mais velho e uma esperança de que, quando crescesse, fosse um pouquinho igual a ele, capaz de conduzir elefantes por florestas virgens sem sequer elevar a voz.

ANO 4

LANÇAR BOMBAS!

Algumas semanas antes do nascimento de nosso filho, Lev, quase quatro anos atrás, surgiram duas questões filosóficas de peso.

A primeira, se ele seria parecido com a mãe ou o pai, foi rápida e inequivocamente resolvida em seu nascimento: ele era lindo. Ou, como diz minha querida mulher com precisão: "A única coisa que ele herdou de você é o pelo nas costas."

E a segunda questão, o que ele vai ser quando crescer, foi de preocupação pelos três primeiros anos de sua vida. Seu mau gênio o qualificava para ser taxista; sua capacidade fenomenal de inventar justificativas indicava que ele podia se dar muito bem como advogado; e seu consistente domínio sobre os outros mostrava seu potencial para ser um membro do alto escalão de um governo totalitário qualquer. Mas, nos últimos meses, a névoa que cercava o futuro roliço e cor-de-rosa de nosso filho começou a se levantar. Ele provavelmente será leiteiro, porque, caso contrário, sua rara capacidade de acordar toda manhã às cinco e meia e insistir em nos acordar também seria um completo desperdício.

Numa quarta-feira, duas semanas atrás, nossa rotina de sermos despertados às cinco e meia da manhã foi antecipada pela campainha. De calça de pijama, abri a porta e vi meu melhor amigo, Uzi, parado ali, branco como um lençol. Na varanda, ele fumava, nervoso, e disse-me que havia jantado com S., um garoto maluco que fora colega nosso na escola e se tornara, naturalmente, um oficial militar de alta patente maluco. Lá pela sobremesa, depois de Uzi terminar de se gabar de um duvidoso negócio imobiliário que acabara de fechar, S. contou-lhe de um dossiê secreto que chegara a sua mesa. Falava da composição psicológica do presidente iraniano. Segundo o dossiê, com origem em agências de inteligência do exterior, Mahmoud Ahmadinejad é um dos únicos líderes vivos no mundo cujas verdadeiras visões, ventiladas apenas a portas fechadas, são ainda mais fanáticas do que as que ele ventila em público.

– Quase sempre é o contrário – explicara S. – Os líderes mundiais são cães que ladram, mas não mordem. Mas, com ele, ao que parece, seu desejo de varrer Israel da face da Terra é muito mais forte do que ele realmente diz. E, como você sabe, ele fala muito.

– Você entendeu? – perguntou Uzi, coberto de suor, a mim. – Aquele iraniano maluco está preparado para destruir Israel, mesmo que isso signifique a completa aniquilação do Irã, porque, da perspectiva pan-islâmica, ele entende isso como uma vitória. E daqui a alguns meses esse cara terá uma bomba nuclear. Uma bomba nuclear! Entende o desastre que será para mim se ele jogar uma bomba em Tel Aviv? Tenho 14 apartamentos alugados aqui. Já ouviu falar de alguma mutação radioativa que pague o aluguel em dia?

– Controle-se, Uzi – respondi. – Você não será o único a sofrer se formos bombardeados. Quer dizer, temos uma criança aqui e...

– Uma criança não paga aluguel – gritou Uzi. – Uma criança não assina um contrato com você que ela rompe sem pensar duas vezes no minuto em que criar um terceiro olho.

– Tio Uzi – ouço a voz sonolenta de Lev atrás de mim –, posso ter um terceiro olho também?

A essa altura da conversa, também acendo um cigarro.

No dia seguinte, quando minha mulher me pede para chamar o encanador para ver um ponto de infiltração no teto do quarto, conto a ela minha conversa com Uzi.

– Se S. estiver certo, seria um desperdício de nosso tempo e dinheiro. Por que consertar alguma coisa se toda a cidade será varrida do mapa daqui a dois meses?

Sugiro que talvez devamos esperar meio ano e, se ainda estivermos aqui inteiros em março, consertaremos o teto.

Minha mulher não diz nada, mas, pela cara que faz, sei que não percebeu a gravidade da situação geopolítica atual.

– Se estou te entendendo bem, quer adiar o trabalho no jardim também? – perguntou.

Concordo com a cabeça. Por que perder tempo com as mudas de frutas cítricas e as violetas que plantamos? Segundo a internet, elas são particularmente sensíveis à radiação.

Auxiliado pelo serviço de inteligência de Uzi, consegui me livrar de algumas tarefas. O único serviço de reparo doméstico de que concordei em participar foi o extermínio de baratas, porque nem a precipitação radioativa vai dar um fim a essas pestes. Aos poucos, minha mulher também passou a perceber as vantagens de nossa existência miserável. Depois que descobrira um site de notícias não muito confiável alertando que o Irã talvez já tivesse armas nucleares, decidiu que era hora de parar de lavar os pratos.

– Não há nada mais frustrante do que levar uma bomba nuclear enquanto você está colocando o detergente na lava-louças – explicou. – De agora em diante, só vamos lavar os pratos se for estritamente necessário.

Essa filosofia se-é-para-arder-em-chamas-então-não-vou-como-um-mané se estendeu bem além do decreto da lava-louças. Rapidamente interrompemos a desnecessária limpeza do chão e a retirada do lixo. Por sugestão perspicaz de minha mulher, fomos diretamente ao banco pedir um empréstimo enorme, imaginando que, se retirássemos o dinheiro com rapidez suficiente, poderíamos esculhambar o sistema.

– Eles que fiquem procurando por nós para receber quando este país se transformar num buraco descomunal na terra. – Ríamos enquanto nos sentávamos em nossa sala de estar suja vendo nossa enorme TV de plasma nova. Seria ótimo se pelo menos uma vez em nossa curta vida pudéssemos realmente dar uma volta no banco.

E então tive um pesadelo em que Ahmadinejad aproximava-se de mim na rua, dava-me um abraço, dois beijos no rosto e dizia em um iídiche fluente: "Ich hub dir lieb", "Meu irmão, eu amo você". Acordei minha mulher. Seu rosto estava coberto de reboco. O problema da infiltração no teto acima de nossa cama piorara.

– Qual é o problema? – perguntou ela, assustada. – São os iranianos?

Assenti, mas rapidamente a tranquilizei: era um problema só num sonho.

– Que eles nos aniquilavam? – perguntou ela, acariciando meu rosto. – Tenho um desses toda noite.

– Pior ainda – respondi. – Sonhei que estávamos fazendo as pazes com eles.

Isso a atingiu duramente.

– Talvez S. estivesse enganado – sussurrou ela, apavorada. – Talvez os iranianos não ataquem. E vamos ficar presos neste apartamento imundo e caindo aos pedaços, com as dívidas e seus alunos, cujos trabalhos você prometeu entregar em janeiro e nem mesmo começou a corrigir. E com aqueles seus parentes chatos de Eliat que prometemos visitar no Pessach porque tínhamos certeza de que a esta altura...

– Foi só um sonho – tentei animá-la. – Ele é um louco, dá para ver nos olhos dele. – Mas era tarde demais e muito pouco. Abracei-a com a maior força que pude, deixei que suas lágrimas escorressem para meu pescoço e sussurrei: – Não se preocupe, querida. Somos dois sobreviventes. Já sobrevivemos a muita coisa juntos... doenças, guerras, ataques terroristas e, se a paz é o que o destino nos reserva, sobreviveremos a ela também.

Minha mulher finalmente voltou a adormecer, mas eu não consegui. Então me levantei e fui para a sala. Logo de manhã cedo, telefonaria para um encanador.

TÁXI

No minuto em que entramos no táxi, tive um mau pressentimento. E não foi porque o motorista me pedira com impaciência para colocar o cinto de segurança no garoto, no banco traseiro, depois de eu já ter feito isso, nem porque ele resmungara alguma coisa que me parecera um palavrão quando eu disse que queria ir a Ramat Gan. Pego muitos táxis, então estou acostumado ao mau humor, à impaciência, às manchas de suor nas axilas. Mas havia algo no jeito de falar desse motorista, algo meio violento e meio à beira das lágrimas, que me deixou pouco à vontade. Na época Lev tinha quase 4 anos e estávamos indo à casa da vovó.

Ao contrário de mim, ele não deu a mínima para o taxista e se concentrou principalmente nos prédios altos e feios que ficavam sorrindo para ele pelo caminho. Cantou "Yellow Submarine" bem baixinho com palavras que inventava e quase pareciam inglês e balançou as pernas curtas no ar no ritmo da música. A certa altura, sua sandália direita bateu no cinzeiro de plástico do táxi e o derrubou no chão. Só continha uma embalagem de chiclete, assim não espalhou lixo. Eu já me abaixava para pegá-lo quando o motorista pisou no freio de repente, virou-se para nós e, com a cara muito perto do rosto de meu filho de 3 anos, desandou a gritar.

– Seu menino idiota. Você quebrou meu carro, seu imbecil!

– Ei, você é louco ou o quê? – perguntei ao taxista. – Gritar com um menino de 3 anos por causa de um pedaço de plástico? Vire-se e comece a dirigir ou, juro, na semana que vem você estará fazendo a barba de cadáveres no necrotério de Abu Kabir, porque você não estará dirigindo nenhum veículo público, ouviu bem? – Quando vi que ele estava prestes a dizer alguma coisa, acrescentei: – Agora cale a boca e dirija.

O motorista me lançou um olhar cheio de ódio. A possibilidade de arrebentar minha cara e perder o emprego estava no ar. Ele a considerou por um bom tempo, respirou fundo, virou-se, engrenou a primeira e dirigiu.

No rádio do táxi, Bobby McFerrin cantava "Don't Worry, Be Happy", mas eu me sentia a léguas de ser feliz. Olhei para Lev. Ele não chorava, e embora estivéssemos presos em um engarrafamento de trânsito muito lento, não demoraria muito para chegar à casa de meus pais. Tentei encontrar outro raio de luz naquela viagem desagradável, mas não conseguia. Sorri para Lev e mexi em seu cabelo. Ele me olhou duramente, mas não retribuiu o sorriso.

– Papai, o que esse homem disse?

– Esse homem disse – respondi rapidamente, como se não fosse nada – que, quando você estiver dentro de um carro, precisa prestar atenção em como mexe suas pernas para não quebrar nada.

Lev assentiu, olhou pela janela e um segundo depois voltou a perguntar.

– E o que você disse ao homem?

– Eu? – tentei ganhar algum tempo. – Eu disse ao homem que ele tinha toda a razão, mas que ele deveria dizer o que precisava em voz baixa e com educação, e não gritar.

– Mas você gritou com ele – retrucou Lev, confuso.

– Eu sei, mas isso não foi certo. E sabe do que mais? Vou pedir desculpas agora.

Curvei-me para frente para que minha boca quase tocasse o pescoço grosso e peludo do taxista e disse em voz alta, quase declamando:

– Sr. taxista, desculpe-me por ter gritado com o senhor, não foi direito.

Quando terminei, olhei para Lev e sorri de novo, ou pelo menos tentei. Olhei pela janela. Estávamos saindo do engarrafamento na rua Jabotinsky. A parte complicada ficara para trás.

– Mas, papai – disse Lev, colocando a mãozinha em meu joelho –, agora o homem tem de me pedir desculpas também.

Olhei o taxista suado à nossa frente. Para mim, estava claro que ele ouvia toda a nossa conversa. Estava ainda mais claro que pedir a ele para se desculpar com um menino de 3 anos não era uma boa ideia. A corda entre nós já estava esticada ao ponto da ruptura.

– Meu anjo – respondi, curvando-me para Lev –, você é um garotinho inteligente e já sabe muita coisa sobre o mundo, mas não tudo. E uma das coisas que você ainda não sabe é que pedir desculpas pode ser a coisa mais difícil de todas. E que fazer algo tão difícil enquanto dirige pode ser muito, mas muito perigoso. Porque, enquanto você tenta pedir desculpas, pode sofrer um acidente. Mas você sabe do que mais? Acho que não temos de pedir ao motorista que se desculpe, porque só de olhar para ele já sei que se arrependeu.

Já havíamos entrado na rua Bialik – agora só faltava entrar à direita na Nordau e depois à esquerda, na Be'er. Mais um minuto e chegaríamos.

– Papai – disse Lev, enquanto estreitava os olhos –, não sei se ele se arrependeu.

Nesse momento, no meio da ladeira na Nordau, o taxista pisou no freio novamente e puxou o freio de mão. Virou-se e colocou a cara perto da de meu filho. Não disse nada, só olhou nos olhos de Lev e, um segundo muito longo depois, sussurrou:

– Acredite em mim, garoto, estou arrependido.

MINHA PRANTEADA IRMÃ

Dezenove anos atrás, em um pequeno salão para casamentos em Bnei Brak, minha irmã mais velha "morreu" e agora mora no bairro mais ortodoxo de Jerusalém. Eu passaria um fim de semana em breve em sua casa. Seria meu primeiro Shabat ali. Em geral eu a visitava no meio da semana, mas, naquele mês, com todo o trabalho que tinha e minhas viagens ao exterior, era sábado ou nada.

– Se cuida – disse minha mulher, enquanto eu partia. – Você não está em grande forma, sabe disso. Não deixe que eles o convençam a se tornar religioso ou coisa assim.

Respondi que não havia motivos para ela se preocupar. Eu, quando se trata de religião, não tenho Deus. Quando estou bem, não preciso de ninguém, e quando estou me sentindo uma merda e aquele grande buraco vazio se abre dentro de mim, simplesmente sei que nunca houve um deus que pudesse preenchê-lo e que jamais haverá. Assim, mesmo que cem rabinos ortodoxos rezem por minha alma perdida, não conseguirão nada. Não tenho Deus, mas minha irmã tem e eu a amo, assim tento mostrar algum respeito a Ele.

O período em que minha irmã descobriu a religião foi a época mais deprimente na história do pop israelense. A Guerra do Líbano tinha terminado havia pouco e ninguém estava com humor para músicas animadas. Mas também todas aquelas baladas para jovens soldados bonitos que morreram no auge da vida já davam nos nossos nervos.

As pessoas queriam músicas tristes, mas não do tipo que falava de uma guerra mesquinha e nada heroica que todos tentavam esquecer. E é assim que surge repentinamente um novo gênero: o lamento por um amigo que aderiu à religião. Essas músicas sempre descreveram um amigo íntimo ou uma garota sensual e bonita que era a razão de viver do cantor, quando, do nada, aconteceu algo terrível e eles se tornaram ortodoxos. O amigo deixou a barba crescer e rezava muito, a garota bonita ficava coberta da cabeça aos pés e não ia mais namorar o cantor melancólico. Os jovens ouviam essas músicas e assentiam severamente. A Guerra no Líbano levara tantos de seus amigos que a última coisa que alguém queria era ver os outros desaparecerem para sempre em alguma yeshivá no sovaco de Jerusalém.

Não era só o mundo da música que descobria os judeus recém-convertidos. Eles rendiam reportagem quente por toda a mídia. Todo talk-show tinha um lugar constante para uma ex-celebridade agora religiosa que fazia questão de dizer ao mundo que não sentia a menor falta de seu antigo estilo de vida dissoluto, ou para um ex-amigo de um famoso convertido que revelava o quanto o amigo mudara ao voltar-se para a religião e que não se conseguia mais conversar com ele. Eu também. Desde o momento em que minha irmã atravessou a fronteira para a Divina Providência, tornei-me uma espécie de celebridade local. Os vizinhos que nunca deram por mim paravam só para me oferecer um aperto de mão firme e prestar suas condolências.

Jovens hipsters, vestidos de preto da cabeça aos pés, me cumprimentavam com um amistoso toca-aqui pouco antes de entrar no táxi que os levaria a alguma boate em Tel Aviv. Depois abriam a janela e me gritavam o quanto lamentavam por minha irmã. Se os rabinos tivessem levado uma baranga, eles podiam deixar passar; mas pegar alguém com a beleza dela – que desperdício!

Enquanto isso, minha pranteada irmã estudava em algum seminário para mulheres em Jerusalém. Vinha nos visitar quase toda semana e parecia feliz. Se houvesse uma semana em que não podia vir, ia visitá-la. Tinha 15 anos na época e sentia muito a falta dela. Quando foi para o Exército, antes de se tornar religiosa, para servir como instrutora de artilharia no Sul, também não a via muito, mas na época, de algum modo, a saudade era menor.

Sempre que nos encontrávamos, eu a examinava atentamente, para tentar entender como teria mudado. Será que eles substituíram o jeito de seus olhos, de seu sorriso? Conversávamos como sempre. Ela ainda me contava histórias engraçadas que inventava especialmente para mim e me ajudava com o dever de matemática. Mas meu primo Gili, que pertencia à juventude do Movimento Contra a Coerção Religiosa e entendia muito de rabinos e essas coisas, disse-me que era só uma questão de tempo. Eles ainda não tinham terminado a lavagem cerebral nela, mas, assim que acabassem, ela começaria a falar em iídiche, eles raspariam a cabeça da garota e ela ia se casar com algum balofo suarento e repulsivo que a proibiria de continuar me vendo. Podia levar mais um ou dois anos, mas era melhor eu me preparar, porque depois que ela se casasse até podia continuar respirando, mas, de nosso ponto de vista, era como se estivesse morta.

Dezenove anos atrás, em um pequeno salão para casamentos em Bnei Brak, minha irmã mais velha "morreu" e agora ela mora no bairro mais ortodoxo de Jerusalém. Tem um marido, um estudante da yeshivá, como previu Gili. Ele não é suarento, nem balofo, nem repulsivo, na realidade parece satisfeito sempre que meu irmão ou eu vamos visitá-lo. Gili também me garantiu na época, cerca de vinte anos atrás, que minha irmã teria hordas de filhos e que sempre que eu os ouvisse falando iídiche, como se eles morassem em algum shtetl desolado no Leste Europeu, eu teria vontade de chorar. Nesse aspecto, ele só teve razão em parte, porque ela de fato teve muitos filhos, um mais gracinha do que o outro, mas, quando eles falam em iídiche, isso só me faz sorrir.

Enquanto entro na casa de minha irmã, menos de uma hora antes do Shabat, as crianças me recebem com seu uníssono "qual é o meu nome?", uma tradição que começou depois que uma vez eu os confundi. Considerando que minha irmã tem 11 filhos e que cada um deles tem um nome duplo com hífen, como é o costume hassídico, minha confusão certamente era perdoável. O fato de todos os meninos se vestirem do mesmo jeito e exibirem idênticos conjuntos de cachinhos fornecia alguns argumentos atenuantes bem fortes. Mas todos eles, de Shlomo-Nachman para baixo, ainda querem ter certeza de que seu tio estranho está bem concentrado e dá o presente certo ao sobrinho certo. Só algumas semanas atrás minha mãe disse que falara com minha irmã e ela desconfiava de que ainda não parou por aí. Assim, daqui a um ou dois anos, se Deus quiser, haverá outro nome duplo com hífen para eu decorar.

Depois de passar no teste da chamada com louvor, recebo um copo de refrigerante estritamente kosher enquanto minha irmã, que não me via havia muito tempo, assume seu lugar do outro lado da sala de estar e diz que quer saber o que eu andava fazendo. Ela adora quando conto que estou indo bem e que sou feliz, mas, como o mundo em que vivo é para ela um mundo de frivolidades, não tem muito interesse pelos detalhes. O fato de que minha irmã jamais lerá um conto que escrevi me aborrece, admito, mas o fato de eu não observar o Shabat nem a dieta kosher a aborrece ainda mais. Certa vez escrevi um livro infantil e o dediquei a meus sobrinhos. No contrato, a editora concordou com que o ilustrador preparasse um exemplar especial em que todos os homens teriam solidéus e cachinhos e as saias e as mangas das mulheres seriam compridas o bastante para ser consideradas recatadas. Mas, no fim, até essa versão foi rejeitada pelo rabino de minha irmã, aquele que ela consulta em questões de convenção religiosa.

A história das crianças descrevia um pai que foge com o circo. O rabino deve ter considerado isso imprudente demais e tive de levar de volta a Tel Aviv a versão kosher do livro – aquela em que o ilustrador trabalhou com tanta habilidade por tantas horas.

Até uma década atrás, quando finalmente me casei, a parte mais difícil de nossa relação era que minha namorada não podia ir comigo quando eu visitava minha irmã. Para ser inteiramente franco, devo mencionar que nos nove anos em que estamos morando juntos, nos casamos dezenas de vezes em toda sorte de cerimônias que nós mesmos inventamos: com um beijo no nariz em um restaurante de frutos do mar em Jaffa, trocando abraços em um hotel dilapidado em Varsóvia, nadando pelados na praia em Haifa ou até dividindo um Kinder Ovo em um trem de Amsterdã a Berlim. Só que nenhuma dessas cerimônias é reconhecida, infelizmente, pelos rabinos ou pelo Estado. Assim, quando ia visitar minha irmã e sua família, minha namorada sempre precisava esperar por mim em uma cafeteria ou parque próximo. No início eu ficava constrangido de lhe pedir isso, mas ela compreendia a situação e a aceitava. Quanto a mim, bom, eu aceitava – que alternativa tinha? –, mas não posso dizer com seriedade que compreendesse.

Dezenove anos atrás, em um pequeno salão para casamentos em Bnei Brak, minha irmã mais velha "morreu" e agora ela mora no bairro mais ortodoxo de Jerusalém. Na época, havia uma garota por quem eu morria de amores, mas que não me amava. Lembro-me de que, duas semanas depois do casamento, procurei minha irmã em Jerusalém. Queria que ela rezasse para que essa menina e eu ficássemos juntos. Meu desespero chegava a esse ponto. Minha irmã ficou em silêncio por um minuto, depois explicou que não podia fazer isso. Porque, se ela rezasse e essa menina e eu ficássemos juntos e nossa união se revelasse um inferno, ela se sentiria péssima.

– Rezarei para você conhecer alguém com quem será feliz – disse ela, e abriu um sorriso que tentava ser reconfortante. – Rezarei por você todo dia. Prometo.

Vi que ela queria me dar um abraço e lamentava não poder, ou talvez eu só estivesse imaginando. Dez anos depois conheci minha mulher e ficar com ela de fato me deixa feliz. Quem disse que as preces não são ouvidas?

VISÃO DE PÁSSARO

Se não fosse por minha mãe, haveria uma forte possibilidade de pensarmos que tudo estava bem.

Era uma manhã de sábado quando ela nos disse que seu neto lhe pedira para brincar de um jogo especial com ele, um jogo que só pode ser jogado no telefone da mamãe. É muito fácil: só o que você precisa fazer é atirar pássaros de um estilingue gigante para que eles destruam construções onde moram porcos verdes.

– Ah, Angry Birds – dissemos eu e minha mulher juntos. – Nosso jogo preferido.

– Nunca ouvi falar dele – comentou minha mãe.

– Você deve ser a única – retrucou minha mulher. – Acho que há mais soldados japoneses escondidos na floresta sem saber que a Segunda Guerra Mundial acabou do que gente neste planeta que não conhece esse jogo. Deve ser o jogo mais popular para iPhone do mundo.

– E eu que pensava que seu jogo preferido era o Go Fish com as cartas de flores de Israel – respondeu minha mãe, ofendida.

– Não é mais – explicou minha mulher. – Quantas vezes se pode perguntar a alguém sem bocejar se elas têm uma albarrã?

— Mas nesse Angry Birds – disse minha mãe –, embora eu o visse sem os óculos, me deu a impressão de que os passarinhos morrem quando batem nos alvos.

— Eles se sacrificam para alcançar um objetivo maior – respondi rapidamente. – É um jogo que ensina valores.

— Sim – disse minha mãe. – Mas esse objetivo é só desmoronar as estruturas na cabeça daqueles porquinhos lindos que nunca fizeram mal nenhum a eles.

— Eles roubaram nossos ovos – insistiu minha mulher.

— Sim – eu disse. – Na realidade é um jogo educativo que ensina a não roubar.

— Ou, mais precisamente – respondeu minha mãe –, ensina você a matar qualquer um que roube de você e a sacrificar sua vida fazendo isso.

— Eles não deveriam ter roubado os ovos – disse minha mulher, com aquela voz sufocada de lágrimas que aparece quando ela sabe que está prestes a perder uma discussão.

— Não entendo – disse minha mãe. – Aqueles leitõezinhos roubaram seus ovos ou vocês estão falando de castigo coletivo?

— Alguém quer café? – perguntei.

Depois do café, nossa família quebrou seu recorde no Angry Birds quando o trabalho de equipe entre meu filho, um especialista em atirar passarinhos em grupo que batem em vários alvos, e minha mulher, especialista em lançar passarinhos com cabeças de ferro quadradas que podem penetrar qualquer coisa, conseguiu derrubar uma estrutura especialmente fortificada em forma de colmeia na cabeça verde e inchada do príncipe bigodudo dos porcos, que disse seu último "Ho-la" e foi silenciado para sempre.

Comíamos biscoitos para comemorar nossa vitória moral sobre os porcos do mal quando minha mãe recomeçou a nos importunar.

– O que tem esse jogo que faz vocês gostarem tanto dele? – perguntou ela.

– Adoro os barulhos esquisitos que os passarinhos fazem quando batem nas coisas – Lev respondeu, rindo.

– Adoro o aspecto físico-geométrico dele – expliquei, e dei de ombros. – Todo esse negócio de calcular ângulos.

– Adoro matar coisas – sussurrou minha mulher, numa voz trêmula. – Destruir prédios e matar coisas. É muito divertido.

– E melhora de verdade a coordenação – falei, ainda tentando atenuar o efeito.

– Ver aqueles porcos explodindo em pedaços e suas casas desmoronando – continuou minha mulher, com os olhos verdes encarando o infinito.

– Alguém quer mais café? – perguntei.

Minha mulher foi a única na família que acertou na mosca. Angry Birds é tão popular em nossa casa e em outros lares porque nós verdadeiramente adoramos matar e quebrar coisas. Assim, é verdade que os porcos roubaram nossos ovos na curta abertura do jogo, mas, cá entre nós, isso é só uma desculpa para canalizar a boa e velha fúria na direção deles. Quanto mais tempo penso nesse jogo, mais claramente compreendo uma coisa: por baixo da linda superfície de animais divertidos e suas vozes doces, Angry Birds na realidade é um jogo coerente com o espírito de terroristas fundamentalistas religiosos.

Sei que Steve Jobs e seu sucessor não gostariam dessa última frase e sei também que não é politicamente correta. Mas de que outra maneira explicar um jogo em que você é preparado para sacrificar a vida só para destruir as casas de inimigos desarmados com suas mulheres e filhos lá dentro e provocar a morte de todos? E isso para não entrar na questão dos porcos: um animal sujo que, na retórica muçulmana fanática, costuma ser usado para simbolizar raças hereges cujo destino é a morte. Afinal, vacas e ovelhas poderiam tranquilamente também roubar nossos ovos, mas os criadores do jogo ainda escolheram deliberadamente os porcos capitalistas gordos da cor do dólar.

A propósito, não estou dizendo que isso seja necessariamente ruim. Imagino que atirar passarinhos de cabeça quadrada em paredes de pedra é o mais próximo que vou chegar de uma missão suicida nesta encarnação. Assim, essa pode ser uma forma divertida e controlada de aprender que não são só os passarinhos ou os terroristas que ficam furiosos, mas também eu, e só preciso do contexto certo e relativamente inofensivo em que reconhecer essa fúria e deixar que ela corra solta por um tempo.

Alguns dias depois dessa estranha conversa com minha mãe, ela e meu pai apareceram à nossa porta com um presente retangular embrulhado em papel florido. Lev o abriu todo animado e dentro dele encontrou um jogo de tabuleiro, em que imagens de cédulas de dólar eram exibidas com destaque.

– Você disse que estava cansado de Go Fish – disse minha mãe –, então decidimos comprar o Monopoly para você.

– O que a gente precisa fazer nesse jogo? – perguntou Lev, desconfiado.

– Ganhar dinheiro – disse meu pai. – Muito dinheiro! Você tira todo o dinheiro dos seus pais até que esteja podre de rico e eles fiquem sem nada.

– Que legal! – disse Lev, feliz. – E como se joga?

A partir desse dia os porcos verdes viveram em paz e tranquilidade. É verdade que nem chegamos à vizinhança do iPhone de minha mãe, mas tenho certeza de que, se passássemos lá para uma visita rápida, encontraríamos os porcos guinchando satisfeitos depois de fechar uma varanda ou cavar uma toca para seus filhotes. Minha mulher e eu, por outro lado, vimos nossa situação se deteriorar. Toda noite, depois que Lev vai dormir, sentamos na cozinha e calculamos nossas dívidas com nosso pequeno rebento ganancioso, que tem mais de 90% dos imóveis do Monopoly e é até coproprietário de empresas de construção e infraestrutura. Quando terminamos de calcular nossas dívidas de vários dígitos, vamos dormir. Fecho os olhos, tentando não pensar no gordinho de coração frio que geramos, que, no futuro próximo, vai arrancar minha mulher e eu do papel-cartão em que atualmente moramos no jogo de tabuleiro, até que o abençoado sono enfim chegue e, com ele, os sonhos. Mais uma vez sou um passarinho, voando pelo céu azul, atravessando as nuvens em um arco vertiginoso só para esmagar minha cabeça quadrada em um delírio de vingança na cabeça de porcos bigodudos, verdes e comedores de ovos. Ho-la!

ANO 5

PÁTRIA IMAGINÁRIA

Quando eu era criança, tentava imaginar a Polônia. Minha mãe, criada em Varsóvia, contou-me algumas histórias sobre a cidade, sobre o bulevar Yerushalayem (Aleja Jerozolimskie), onde ela nascera e brincava quando garotinha, sobre o gueto onde passara os anos de infância tentando sobreviver e onde perdera toda a família. Além de uma única foto tremida no livro de história de meu irmão mais velho que mostrava um homem alto e de bigode e uma carruagem puxada por cavalos ao fundo, eu não tinha imagens da realidade desse país distante, mas minha necessidade de imaginar o lugar onde minha mãe fora criada e meus avós e meu tio foram enterrados era forte o bastante para que eu continuasse tentando criá-lo em minha cabeça. Imaginei ruas como aquelas que via em ilustrações dos romances de Dickens. Em minha mente, as igrejas de que minha mãe me falara saíram de um exemplar velho e mofado de *O corcunda de Notre Dame*. Eu a imaginava andando por aquelas ruas com calçamento de pedra, com o cuidado de não esbarrar num homem alto e bigodudo, e todas as imagens que eu inventava sempre eram em preto e branco.

Meu primeiro contato com a Polônia real aconteceu uma década atrás, quando fui convidado à Feira do Livro de Varsóvia. Lembro-me de me surpreender quando saí do aeroporto, uma reação que eu não podia imputar ao momento. Mais tarde percebi que ficara surpreso porque a Varsóvia que se estendia diante de mim estava viva em tecnicolor, que as ruas eram tomadas de carros japoneses baratos, e não carruagens puxadas por cavalos, e, sim, também a maioria das pessoas que eu vira tinha o rosto inteiramente barbeado.

Na última década, viajei à Polônia quase todo ano. Recebi convites frequentes para visitar o país e, apesar de estar tentando reduzir minhas viagens de avião, tinha dificuldade para rejeitar os poloneses. Embora a maior parte de minha família tenha perecido nas horrendas circunstâncias de lá, a Polônia também era um lugar em que eles viveram e prosperaram por gerações e minha atração por essa terra e seu povo era quase mítica. Insisti em procurar pela casa em que minha mãe nascera e ali encontrei um banco. Fui à outra casa em que ela passara um ano de sua vida e descobri que agora era um terreno coberto de grama. Estranhamente, não senti frustração nem tristeza, até tirei fotos dos dois lugares. É verdade que eu preferiria ter encontrado uma casa em vez de um banco ou um terreno vazio. Mas um banco, pensei, era melhor do que nada.

Durante minha última visita à Polônia, algumas semanas atrás, para uma festa literária em outra parte do país, uma fotógrafa encantadora chamada Elzbieta Lempp perguntou se podia tirar minha foto. Concordei alegremente. Ela me fotografou em uma cafeteria onde eu esperava que minha palestra acontecesse, e quando voltei a Israel, descobri que ela havia me mandado uma cópia da foto por e-mail. Era em preto e branco e me mostrava falando com um homem alto e de bigode. Atrás de nós, fora de foco, havia um prédio antigo. Tudo na fotografia parecia ter sido tirado não da realidade, mas de minha imaginação infantil da Polônia. Até a expressão do meu rosto parecia polonesa e assustadoramente séria. Olhei fixamente a imagem. Se eu pudesse descongelar o meu eu dessa pose, ele teria saído diretamente do quadro e encontrado a casa onde minha mãe nascera. Se ele tivesse coragem suficiente, até teria batido na porta.

E quem sabe quem a abriria para ele: a avó ou o avô que jamais conheci, talvez até uma garotinha sorridente que nem imaginava o que lhe reservava o futuro cruel. Olhei a foto por mais algum tempo, até que Lev entrou na sala e me viu sentado ali, de olhos colados na tela do computador.

– Por que essa foto não tem cor? – perguntou.

– É mágica – sorri, e mexi em seu cabelo.

GATOS GORDOS

Ao me preparar para a reunião com a professora da pré-escola de Lev, fiz a barba e tirei meu melhor terno do armário.

– É uma reunião às dez da manhã – minha mulher troçou. – A professora provavelmente estará de moletom. E com essa camisa branca e paletó, você vai parecer um noivo.

– Um advogado – corrigi. – E quando a reunião acabar, você agradecerá por eu ter me arrumado.

– Por que você age como se ela quisesse conversar conosco porque Lev fez alguma coisa errada? – protestou minha mulher. – Talvez ela só queira nos contar que Lev é um bom menino que ajuda as outras crianças no grupo.

Tentei imaginar Lev no pátio da pré-escola generosamente dividindo seu sanduíche com um colega de turma mirrado e agradecido que se esquecera de levar o lanche naquele dia. O tremendo esforço de tentar conjurar essa imagem quase me provocou um derrame.

– Acha realmente que eles nos pediram para ir ouvir alguma coisa boa que Lev fez? – Decidi abandonar minha imaginação limitada e me concentrar no surpreendente otimismo de minha mulher.

– Não – admitiu ela, com tristeza. – É que adoro discutir com você.

A professora de fato vestia moletom, mas gostou muito de meu terno e de saber que era o mesmo que usara em meu casamento.

– Mas na época o terno cabia sem apertar na barriga – disse minha mulher, e ela e a professora trocaram o sorriso solidário das mulheres presas a homens que têm os números de três pizzarias gravados no telefone, mas nunca viram o interior de uma academia.

– Na verdade – disse a professora –, o motivo para pedir a presença dos dois tem relação com comida.

A professora nos contou que o pequeno Lev forjara um pacto secreto com a cozinheira da pré-escola, para que ela levasse chocolate para ele regularmente, embora a direção proibisse estritamente as crianças de comer doces nas instalações da escola.

– Ele vai ao banheiro e volta com cinco barras de chocolate – explicou a professora. – Ontem se sentou em um canto e ficou comendo até escorrer chocolate pelo nariz.

– Mas por que você não fala com a cozinheira sobre isso? – perguntou minha mulher.

– Já falei – a professora suspirou. – Ela diz que Lev é tão manipulador que ela não consegue evitar.

– E você acha possível – continuou minha mulher – que uma criança de 5 anos possa controlar uma adulta e obrigá-la a...

– Não dê atenção a ela – cochichei à professora. – Ela sabe que é possível. É que ela adora uma discussão.

À tarde, aproveitei um jogo de futebol descontraído com Lev para ter uma conversa franca.

– Sabe o que Ricki, a professora, me contou hoje? – perguntei.

– Que, mesmo que eu ajuste o computador dela todo dia de manhã, não adianta nada e a tela sempre vai ficar encolhida? – perguntou Lev.

– Não – respondi. – Ela me contou que Mari, a cozinheira, leva chocolate para você toda manhã.

– É – disse Lev, todo feliz. – Um montão de chocolate.

– Ricki também disse que você come todo o chocolate sozinho e não divide com as outras crianças – acrescentei.

– É – concordou Lev rapidamente. – Mas sempre explico pra eles que não posso dar nada porque as crianças não podem comer doces na escola.

– Muito bem – concordei. – Mas, se as crianças não podem comer doces na escola, por que você acha que pode?

– Porque não sou uma criança. – Lev abriu um sorriso rechonchudo e furtivo. – Sou um gato.

– Você é o quê?

– Miau – respondeu Lev, numa voz suave e ronronada. – Miau, miau, miau.

Na manhã seguinte, eu tomava café na cozinha e lia os jornais. O treinador da seleção de futebol de Israel fora apanhado pela alfândega com mais de 25 mil dólares em cigarros contrabandeados para o país. Um membro do Partido Shas no Parlamento comprou um restaurante e obrigou seu assessor parlamentar, pago com o orçamento do Knesset, a trabalhar lá. Os técnicos de basquete do Maccabi Tel Aviv, o time estelar do país, enfrentam acusações de evasão fiscal. E então, enquanto tomava o café da manhã, li um pouco sobre o julgamento do ex-primeiro-ministro Ehud Olmert, acusado de receber suborno. E, para completar, uma curta nota informava que o ex-ministro das finanças Avraham Hirshson, atualmente preso por apropriação indébita, foi chamado de "prisioneiro modelo" por seus companheiros de cela.

Durante anos, esforcei-me em vão para entender por que gente bem-sucedida e rica decidia infringir a lei e se arriscava à punição e ao desprezo, quando já tinham tudo. Olmert, afinal, não vivia na pobreza abjeta quando forjou as despesas aéreas para extorquir mil dólares do memorial Yad Vashem. E Hirshson não exatamente passava fome quando desviou dinheiro da organização para a qual trabalhava. Mas então, depois daquela conversa franca com Lev, tudo ficou claro.

Esses homens, como meu filho, trapaceiam, roubam e mentem só porque têm certeza de que são gatos. E como criaturas adoráveis e peludas que adoram creme, não precisam obedecer às mesmas regras de todas as criaturas bípedes e suadas que estão a sua volta. Com isso em mente, é fácil prever a linha de defesa do ex-primeiro-ministro:

Promotor: Sr. Olmert, tem consciência do fato de que falsificação e fraude são contra a lei?

Olmert: Naturalmente. Como ex-primeiro-ministro moral e obediente à lei, tenho inteira consciência de que são contra a lei para todos os cidadãos do país. Mas, se você lesse com atenção as leis do país, veria que elas não se aplicam aos gatos! E eu, senhor, sou famoso no mundo todo como um gato gordo e preguiçoso.

Promotor (espantado): Sr. Olmert, certamente o senhor não espera que o tribunal leve a sério essa última observação.

Olmert (lambendo as abotoaduras de seu terno Armani): Miau, miau, miau.

IMPOSTOR

A revolução incensada pela mídia na Líbia não é a única que acontece na região; ocorre outra, silenciosa, mas não menos significativa. Depois de mais de quarenta anos oprimido por uma nutrição abaixo do padrão e privado de atividade física, meu corpo também começou a protestar. Meus músculos – um após o outro, em uma sincronia extraordinária – começaram a ter câimbras. Começou no meu pescoço, desceu aos ombros e a certa altura até alcançou meus pés. Minha mulher um dia chegou a casa e me encontrou deitado de costas, feito uma barata morta. Precisou de vinte minutos para entender que havia algo de errado comigo, e quando entendeu, a primeira coisa que disse foi: "Você mereceu." A segunda tinha relação com uma aposta que ela fizera com meu primo de Ramat Gan, de que eu morreria de infarto antes dos 50 anos. Segundo minha mulher, os fortes sentimentos dele por mim foram a única razão para ele concordar em arriscar dinheiro em minha longevidade, enquanto ao lado dela estavam o bom senso e a medicina moderna.

– Qualquer um que trate um bicho de estimação como você trata o seu corpo teria sido jogado na prisão há muito tempo – observou minha mulher, enquanto me ajudava a me sentar. – Por que não pode ser como eu... cuidar do que você come, fazer ioga?

A verdade é que fiz ioga alguns anos atrás. No fim de minha primeira aula para iniciantes, a professora magricela e pálida aproximou-se de mim e numa voz suave, mas firme, explicou que eu ainda não estava preparado para trabalhar com os iniciantes e devia primeiro ingressar em um grupo "especial".

Por acaso o grupo especial era um bando de mulheres em estágios avançados de gestação. Na verdade foi muito legal, era a primeira vez em muito tempo que eu era o único com a menor barriga do ambiente. As mulheres que se exercitavam eram muito lentas e ofegavam e transpiravam mesmo quando lhes pediam para fazer posições simples e básicas, assim como eu. Tive certeza de que enfim encontrara o meu lugar no mundo cruel da atividade física. Mas o grupo foi ficando cada vez menor: como acontece em um reality show, toda semana outra mulher era eliminada e suas amigas animadas diziam, com a voz trêmula, que ela dera à luz.

Uns três meses depois de eu ter entrado para essa turma, todas as integrantes deram à luz, menos eu, e a professora, numa voz suave, mas firme, disse-me, antes de apagar as luzes da academia pela última vez, que comprara uma passagem só de ida para a Índia e não sabia se ia voltar. Enquanto isso, recomendava que eu fizesse algo "um pouco menos desafiador do que ioga". Como não me deu mais detalhes, infundi sua enigmática observação no aroma familiar de orégano e voltei a comer bandejas inteiras de pizza.

Assim, quando a onda recente de músculos com câimbra enfraqueceu um pouco, decidi ser proativo e escrevi uma lista de possíveis atividades físicas. Depois eliminei todas que eu sabia que meu corpo não suportaria. Correr e malhar numa academia foram os primeiros excluídos, seguidos por aeróbica, spinning (entre ouvir Britney Spears e ter uma aorta bloqueada, prefiro a última), kickboxing e Krav Maga (no bairro de minha infância, apanhei tanto de graça que não conseguia imaginar pagar pelo privilégio). A única linha que restava na página depois da série de eliminações era a caminhada acelerada. Rapidamente risquei a palavra "acelerada" e acrescentei um ponto de interrogação depois de "caminhada".

Ao ler a página, minha mulher não se mostrou empolgada com a opção caminhada com um ponto de interrogação.

– Há mil outras coisas que até alguém preguiçoso e atrofiado como você pode fazer – alegou.

– Me diga uma – respondi.

– Pilates – disse ela, mastigando um broto de trigo ou sei lá que coisa fedorenta tinha na mão.

Uma pesquisa rápida sobre Pilates revelou alguns de seus aspectos mais atraentes: embora oficialmente fosse definida como "atividade física", não havia perigo de você transpirar durante sua execução; e a maior parte da atividade acontece enquanto você está deitado de costas. E também o homem que inventou o Pilates usou a técnica durante a Primeira Guerra Mundial para reabilitar soldados feridos. O que significava que, mesmo que eu não encontrasse um grupo de grávidas a que me unir, havia a possibilidade de atender aos critérios de aceitação em uma turma.

Em minha primeira aula, aprendi mais alguns fatos sobre esse esporte maravilhoso. No Pilates, você trabalha principalmente músculos internos, o que significa que qualquer um que o veja não tem como saber se você está realmente exercitando seus músculos profundos da pelve, contraindo seus músculos estriados ou só tirando um cochilo no colchão. Aqui, em Israel, as turmas são particularmente pequenas e compostas principalmente de bailarinas lesionadas. O que significa que a academia tem um nível tão alto de refinamento, lesões e empatia que não há lugar melhor na galáxia para reclamar de um músculo estirado e ter uma massagem compassiva. Não sei quando você teve pela última vez cinco bailarinas mancas ajudando-o a relaxar seu tendão, mas, se já faz muito tempo, recomendo que vá diretamente à academia de Pilates mais próxima e experimente.

Só faz duas semanas desde que comecei no Pilates. Ainda não consigo abrir os vidros de picles com meus músculos estriados, e quando levanto a mão para coçar a cabeça, a dor no ombro ainda é insuportável, mas tenho meu próprio armário, moletons com uma faixa dourada que descem pelas pernas iguaizinhos aos de David Beckham e um colchão novo e macio em que posso me deitar duas vezes por semana por uma hora inteira e pensar no que quiser enquanto olho as bailarinas atraentes e de expressão estoica empoleiradas em bolas de borracha gigantes de cores vivas.

APENAS OUTRO PECADOR

Algum tempo atrás, participei de um grupo de leitura em uma colônia de artistas em New Hampshire.
Cada um dos três participantes tinha de ler por 15 minutos. Os outros dois começavam como escritores e ainda não tinham publicado nada. Assim, num gesto ou de generosidade ou de condescendência, ofereci-me para ler por último. O primeiro escritor, um sujeito do Brooklyn, era muito talentoso. Leu algo sobre o avô que morrera, um texto forte. A segunda escritora, uma mulher de Los Angeles, começou a ler e fez meu cérebro rodar. Fiquei sentado em minha desconfortável cadeira de madeira no auditório quente demais da biblioteca da colônia de artistas e ouvi meus temores, meus desejos, a violência que arde em mim como uma chama eterna, mas se oculta tão bem que só ela e eu sabemos de sua existência. Acabou em vinte minutos. Ela deixou a tribuna para mim e, enquanto eu passava hesitante por ela, me lançou um olhar de pena, do tipo que um leão altivo na selva lança a um leão de circo.
Não me lembro exatamente do que li naquela noite, só que por toda a leitura era a história dela que reverbe-

rava em minha mente. Nessa história, um pai conversa com os filhos, que passam as férias de verão torturando animais. Diz a eles que há um limite que separa matar insetos de matar sapos e, não importa o quanto seja difícil, esse limite jamais deve ser ultrapassado.

Assim é o mundo. O escritor não o cria, mas está aqui para dizer o que precisa ser dito. Há um limite que separa matar insetos de matar sapos, e mesmo que o escritor o tenha atravessado durante sua vida, ainda precisa apontar para ele. O escritor não é nem santo, nem tzadik, nem profeta parado no portão; é apenas outro pecador com uma consciência um pouco mais aguda e uma linguagem ligeiramente mais precisa para usar na descrição da realidade inconcebível de nosso mundo. Ele não inventa um único sentimento ou pensamento – todos existiam muito antes dele. Ele não é nem um pouco melhor do que seus leitores – às vezes é muito pior – e assim deve ser. Se o escritor fosse um anjo, o abismo que o separa de nós seria tão grande que seu texto não se aproximaria o suficiente para nos tocar. Mas como ele está aqui, a nosso lado, enterrado até o pescoço em lama e sujeira, é ele que, mais do que qualquer outro, pode partilhar conosco tudo que se passa em sua mente, nas áreas iluminadas e especialmente nos cantos escuros. Ele não nos leva à Terra Prometida, não traz paz ao mundo nem cura os doentes. Mas se fizer seu trabalho corretamente, mais alguns sapos virtuais sobreviverão. Os insetos, lamento dizer, terão de se virar sozinhos.

Desde o dia em que comecei a escrever sabia dessa verdade. Tinha um conhecimento firme e claro dela. Mas, naquela leitura, quando fiquei cara a cara com um leão de verdade na Colônia de Artistas MacDowell, no centro de New Hampshire, e senti esse medo por um segundo, percebi que mesmo o conhecimento mais afiado que todos temos pode se tornar cego. Alguém que cria sem apoio ou reforço, que pode escrever apenas depois do horário de trabalho, cercado por gente que nem sabia que ele tem talento, sempre se lembra dessa verdade. O mundo a sua volta não o deixaria se esquecer disso. O único tipo de escritor que pode esquecer é o de sucesso, do gênero que não escreve contra a corrente de sua vida, mas com ela, e cada lampejo que flui de sua caneta não apenas aprimora o texto e o deixa feliz, como dá prazer a seus agentes e a seu editor. Droga, esqueci. Isto é, lembrei-me de que há um limite entre uma coisa e outra, só que ultimamente ele tem de algum modo se transformado em um limite entre o sucesso e o fracasso, a aceitação e a rejeição, a apreciação e o desprezo.

Naquela noite, depois da leitura, voltei a meu quarto e fui diretamente para a cama. Pelas janelas, via pinheiros imensos e um céu noturno e claro e ouvia os sapos coaxando na mata. Foi a primeira vez desde que cheguei aqui em que os sapos pareciam sentir-se seguros para coaxar. Fechei os olhos e esperei pelo sono, pelo silêncio. Mas o coaxar não parava. Às duas da manhã, saí da cama, fui ao computador e comecei a escrever.

MEU PRIMEIRO CONTO

Escrevi meu primeiro conto há 26 anos em uma das bases militares mais bem protegidas de Israel. Na época tinha 19, era um soldado sofrível e deprimido que contava os dias para o fim do seu serviço compulsório. Escrevi o conto durante um turno especialmente longo em uma sala de computadores isolada e sem janelas nas entranhas da terra. Fiquei parado no meio daquela sala enregelante e olhei a página impressa. Não conseguia explicar a mim mesmo por que o escrevera e exatamente a que fim ele deveria servir. Ter digitado todas aquelas frases inventadas era eletrizante, mas também assustador. Parecia-me que tinha de encontrar alguém para ler o conto imediatamente. Mesmo que ele não gostasse ou não entendesse, podia me acalmar e me dizer que não tinha problema nenhum escrever, que não era outro passo em minha caminhada para a insanidade.

O primeiro possível leitor só chegou horas depois. Era o sargento de cara esburacada que devia me render e assumir o turno seguinte. Numa voz que se esforçava para aparentar calma, disse a ele que tinha escrito um pequeno conto e queria que ele lesse. Ele tirou os óculos escuros e disse com indiferença:

– De jeito nenhum. Vai se foder.

Subi alguns andares até o nível do solo. O sol, nascido havia pouco, ofuscou-me. Eram seis e meia da manhã e precisava desesperadamente de um leitor. Como costuma acontecer quando tenho um problema, fui à casa de meu irmão mais velho.

Toquei o interfone na portaria do prédio e atendeu a voz sonolenta de meu irmão.

– Escrevi um conto – eu disse. – Quero que você leia. Posso subir?

Houve um curto silêncio, depois meu irmão disse num tom de desculpas:

– Não é uma boa ideia. Você acordou minha namorada e ela está irritada. – E acrescentou depois de mais um instante de silêncio: – Espere por mim aí. Vou me vestir e desço com o cachorro.

Minutos depois, ele apareceu com seu cachorrinho de aparência desbotada, que estava feliz por sair para um passeio tão cedo. Meu irmão pegou a página impressa e começou a ler enquanto andava. Mas o cachorro queria ficar e fazer suas necessidades na árvore perto da entrada do prédio. Tentava cravar as pequenas garras no chão e resistia, mas meu irmão estava imerso demais na leitura para perceber. Tentei acompanhá-lo enquanto ele andava rapidamente pela rua e arrastava o pobre do cachorro.

Para sorte do cachorro, o conto era muito curto. Quando meu irmão parou duas quadras depois, o cachorro recuperou o equilíbrio, voltou ao plano original e fez suas necessidades.

– Este conto é incrível – disse meu irmão. – Alucinante. Tem outra cópia?

Respondi que sim. Ele me abriu um sorriso de irmão mais velho com orgulho do mais novo, mas depois se abaixou e usou a página impressa para recolher o cocô do cachorro e jogar na lixeira.

E nesse momento percebi que queria ser escritor.

Mesmo que não tivesse consciência disso, meu irmão me disse uma coisa: que o conto não era apenas o papel amassado e sujo de cocô que agora estava na lata de lixo. Aquela página era apenas um duto pelo qual podia transmitir meus sentimentos da minha mente à dele. Não sei o que um bruxo sente na primeira vez em que consegue lançar um feitiço, mas deve ser algo parecido com o que senti naquele momento: descobri a magia que eu sabia que me ajudaria a sobreviver aos dois longos anos até minha dispensa.

AMSTERDÃ

Passara-se menos de uma semana depois do 11 de Setembro e o aeroporto John F. Kennedy parecia o cenário de um filme B de ação: seguranças nervosos de uniforme patrulhavam o terminal, seguravam fuzis e gritavam para os milhares de passageiros que se reuniam em filas imensas. Eu devia pegar um avião para Amsterdã naquele dia para participar de um festival de arte surrealista do tipo muito doido, no qual só um hippie velho holandês que passara os anos 1960 viajando podia alucinar.

Depois de meses como artista residente nos Estados Unidos, estava feliz em partir.

Amsterdã não era Israel, mas ainda ficava perto o bastante para que o amor de minha vida concordasse em pegar um avião lá para me encontrar em alguns dias. E, por saber que depois do festival voltaria aos Estados Unidos para mais dois difíceis meses como um estrangeiro moreno com sotaque e um passaporte do Oriente Médio, tinha uma necessidade quase desesperadora daquela folga.

As passagens eletrônicas na época eram menos comuns e o simpático organizador do festival escrevera para me dizer que minha passagem estaria no balcão da

KLM no aeroporto. A mulher desagradável ao balcão insistiu em que não havia passagem para mim, o que me abalou um pouco. Telefonei para o organizador, que atendeu numa voz animada, porém sonolenta. Depois de me dizer como era bom falar comigo, ele se lembrou de que tinha se esquecido de enviar a passagem.

– Que bosta – disse. – Minha memória recente não é a mesma de antigamente. – Ele sugeriu que eu comprasse uma passagem no aeroporto, porque, quando eu desembarcasse, ele me reembolsaria. Quando eu disse que a passagem provavelmente seria cara, ele respondeu:
– Cara, nem pense nisso. Compre a droga da passagem mesmo que custe um milhão. Você tem um evento legal programado para amanhã e precisamos de você aqui.

A mulher de cara azeda exigiu 2.400 dólares por uma poltrona do meio na classe econômica, mas nem mesmo tentei discutir. Um evento legal e minha amada esposa, que na época era minha amada namorada, esperavam por mim em Amsterdã. Eu sabia que precisava entrar naquele avião.

O voo estava lotado e os passageiros pareciam meio nervosos e tensos. Percebi logo que não seria um voo tranquilo, mas ficou mais difícil quando descobri sentado em meu lugar, entre uma freira e um chinês de óculos, um cara barbudo de braços tatuados e óculos de sol que parecia o irmão gordo e mau do ZZ Top.

– Com licença – falei com certa timidez –, mas você está sentado no meu lugar.

– O lugar é meu – ele respondeu. – Cai fora.

– Mas meu cartão de embarque diz que esta poltrona é minha – insisti. – Olhe.

– Não quero olhar. – O barbudo ignorou minha mão estendida. – Já te falei que esse lugar é meu. Então, cai fora.

Nesse momento, decidi chamar a comissária de bordo. Ela conseguiu se entender melhor com o barbudo. Por acaso, devido a um erro de computador, tínhamos um cartão de embarque com o mesmo número de assento. Numa voz autoritária, ela disse que, como o voo estava lotado, um de nós teria de sair do avião.

– Por mim, tiramos no cara ou coroa – propus ao barbudo. A verdade era que eu estava desesperado para ficar no avião, mas esse parecia o único jeito justo de resolver o problema exasperador.

– Nada de cara ou coroa – respondeu o barbudo. – Estou sentado na poltrona. Você não está. Saia do avião.

Foi então que enfim senti explodir um dos circuitos já sobrecarregados de meu cérebro.

– Não vou sair do avião – eu disse à comissária de bordo, que acabara de voltar para nos informar que estávamos retendo um avião cheio de passageiros.

– Peço ao senhor para sair agora – disse ela numa voz fria – ou serei obrigada a chamar a segurança.

– Chame a segurança – respondi numa voz chorosa –, chame a segurança para me arrastar para fora. Só colocará mais alguns zeros na quantia que receberei de sua companhia aérea quando a processar. Paguei caro por uma passagem. Recebi um cartão de embarque. Embarquei no avião e é exatamente aqui que a história termina. Se não há lugares suficientes no avião, você mesma pode sair. Servirei a comida aos passageiros.

A comissária não chamou a segurança. Em vez disso, apareceu o piloto de cabelos brancos e olhos azuis, que colocou a mão tranquilizadora em meu ombro e me pediu educadamente que saísse do avião.

– Não vou sair – respondi – e, se você tentar me tirar à força, processarei todos vocês. Todos vocês, está me ouvindo? Estamos nos Estados Unidos, sabia? As pessoas ganham milhões por muito menos do que isso. – Nesse momento, que devia ser especialmente ameaçador, comecei a chorar.

– Por que o senhor tem de ir a Amsterdã? – perguntou. – Alguém de sua família está doente? – Meneei a cabeça. – Então, o que é, uma namorada?

Assenti.

– Mas não é por causa dela – expliquei. – Não posso mais ficar aqui. – O piloto ficou em silêncio por um momento, depois perguntou:

– Já viajou de avião alguma vez no assento retrátil? – Consegui controlar as lágrimas o suficiente para dizer não. – Já vou avisando – disse ele com um sorriso –, é muito desconfortável. Mas o tirará daqui e você terá uma boa história para contar.

E ele tinha razão.

MENINOS NÃO CHORAM

Meu filho, Lev, queixa-se de que nunca me viu chorar. Viu a mãe chorar várias vezes, em especial quando lê para ele uma história que tem um fim triste. Uma vez viu a avó chorar, em seu terceiro aniversário, quando ele lhe disse que seu desejo era que o vovô melhorasse. Até viu a professora do jardim de infância chorar quando ela recebeu um telefonema dizendo que o pai havia falecido. Eu era o único que ele nunca vira chorar. E toda essa história me deixou pouco à vontade.

Existem muitas coisas que os pais devem saber fazer em que eu não sou muito bom. O jardim de infância de Lev é repleto de pais que rapidamente pegam a caixa de ferramentas na mala do carro sempre que há um defeito em alguma coisa e consertam balanços e canos sem derramar uma gota de suor. O pai de meu filho é o único que nunca tirou uma caixa de ferramentas da mala do carro porque não tem uma caixa de ferramentas, nem um carro. E mesmo que tivesse, não saberia consertar nada. É de se esperar que um pai assim – não técnico, um artista – pelo menos saiba chorar.

– Não estou zangado com você por não chorar – diz Lev, colocando a mãozinha em meu braço, como se sentisse meu desconforto –, só quero entender por quê. Por que mamãe chora e você não.

Digo a Lev que, quando eu tinha a idade dele, tudo me fazia chorar: filmes, histórias, até a vida.

Cada mendigo na rua, gato atropelado e chinelo velho me fazia cair em prantos. As pessoas à minha volta achavam que era um problema e, de aniversário, compraram para mim um livro infantil que pretendia ensinar as crianças a não chorar. O protagonista do livro chorava muito, até conhecer um amigo imaginário que sugeriu que, sempre que sentisse as lágrimas vindo, deveria usá-las como combustível para outra coisa: cantar uma música, chutar uma bola, dançar um pouco. Devo ter lido o livro umas cinquenta vezes e pratiquei fazer o que dizia sem parar, até que por fim eu era tão bom em não chorar que a coisa aconteceu por si. E agora estou tão acostumado com isso que não sei como parar.

– Então, quando você era criança – pergunta Lev –, sempre que tinha vontade de chorar, você cantava?

– Não – admito com relutância –, não sei cantar. Então, na maioria das vezes, quando sentia que as lágrimas vinham, batia em alguém.

– Que esquisito – diz Lev, num tom contemplativo –, costumo bater em alguém quando estou feliz.

Esse parece o momento certo para ir à geladeira e pegar uns palitos de queijo para nós dois.

Ficamos sentados na sala de estar, mastigando em silêncio. Pai e filho. Se você batesse à porta e pedisse com educação, ofereceríamos um palito de queijo, mas se você fizesse outra coisa, algo que nos deixasse tristes ou felizes, haveria uma forte possibilidade de você levar uns tapas.

ANO 6

TUDO A GANHAR

Tenho um bom pai. Tenho sorte, eu sei. Nem todos têm um bom pai. Na semana passada, fui ao hospital com ele para um exame de rotina e os médicos nos disseram que ele ia morrer. Tinha um câncer em fase avançada na base da língua. Do tipo do qual você não se recupera. O câncer visitou meu pai alguns anos antes. Os médicos na época foram otimistas e ele de fato o venceu.

Os médicos disseram que desta vez havia várias opções. Poderíamos não fazer nada e meu pai morreria dali a algumas semanas. Ele poderia fazer quimioterapia e, se funcionasse, teria mais alguns meses. Poderia fazer radioterapia, mas as possibilidades eram de que fizesse mais mal do que ajudasse. Ou eles podiam operar e remover sua língua e a laringe. Era uma cirurgia complicada que levaria mais de dez horas. Por causa da idade avançada de meu pai, os médicos não acreditavam que fosse uma opção viável. Mas meu pai gostou da ideia.

– Na minha idade, não preciso mais de língua, só dos olhos e de um coração que bata – disse à jovem oncologista. – O pior que pode acontecer é que, em vez de dizer como você é bonita, vou ter de escrever.

A médica ficou vermelha.

– Não é só a fala, é o trauma da cirurgia – ela explicou. – É o sofrimento e a reabilitação, se o senhor sobreviver. Seria um golpe enorme em sua qualidade de vida.

– Adoro a vida. – Meu pai abriu seu sorriso obstinado. – Se a qualidade é boa, então ótimo. Se não, então não é. Não sou seletivo.

No táxi, na volta do hospital, meu pai segurou minha mão como se eu tivesse 5 anos de novo e estivéssemos para atravessar uma rua movimentada. Falava com animação das várias opções de tratamento, como um empresário que discute novas oportunidades de negócios. Meu pai é um homem de negócios. Não é um magnata em um terno, só um cara comum que gosta de comprar e vender e, se não pode comprar ou vender, se dispõe a alugar ou arrendar. Para ele, o trabalho é um meio de conhecer gente, de se comunicar, de ter um pouco de ação. Basta deixar que compre um maço de cigarros em algum lugar e dez minutos depois estará falando com o sujeito do balcão sobre uma possível parceria.

– Não estamos vivendo uma situação ideal – disse ele, inteiramente sério, enquanto acariciava minha mão. – Adoro tomar decisões quando as coisas estão no fundo do poço. E a situação agora é uma *porqueira* tão grande que só posso sair no lucro: com a quimioterapia, morrerei em breve; com a radioterapia, terei gangrena no maxilar; e todo mundo tem certeza de que eu não sobreviveria à cirurgia porque tenho 84 anos. Sabe quantos lotes de terra comprei desse jeito? Quando o dono não queria vender e eu não tinha um centavo no bolso?

– Eu sei – respondi. E de fato sabia.

Quando eu tinha 7 anos, nós nos mudamos. Nosso antigo apartamento ficava na mesma rua e todos o adorávamos, mas meu pai insistiu em que nos mudássemos para um lugar maior. Na Segunda Guerra Mundial, meu pai, os pais dele e algumas outras pessoas esconderam-se em um buraco na terra de uma cidade polonesa por quase seiscentos dias. O buraco era tão pequeno que eles não conseguiam se levantar nem se deitar, ficavam apenas sentados. Quando os russos libertaram a região, tiveram de carregar meu pai e meus avós para fora, porque eles não conseguiam se mexer sozinhos. Seus músculos tinham se atrofiado. Esse tempo que ele passou num buraco fez dele um homem sensível à privacidade. O fato de meu irmão, minha irmã e eu sermos criados no mesmo quarto o deixava louco.

Ele queria que nos mudássemos para um apartamento onde tivéssemos nossos quartos. Nós, crianças, gostávamos verdadeiramente de dividir um quarto, mas, quando meu pai se decidia por uma coisa, não havia jeito de mudar.

Num sábado, algumas semanas antes de termos de deixar nosso antigo apartamento, que ele já vendera, papai nos levou para ver o novo lar. Todos tomamos banho e vestimos nossas melhores roupas, embora soubéssemos que não veríamos ninguém lá.

Ainda assim, não é todo dia que você sai para ver seu apartamento novo.

Embora o prédio estivesse acabado, ainda não morava ninguém ali. Depois de conferir se todos estávamos no elevador, papai apertou o botão do quinto andar. Aquele prédio era um dos únicos no bairro que tinha elevador e o curto percurso nos emocionou. Papai abriu a porta de aço reforçado do novo apartamento e começou a nos mostrar os cômodos. Primeiro os quartos das crianças, depois o quarto principal e, por fim, a sala de estar e a enorme varanda. A vista era maravilhosa e todos nós, em especial meu pai, ficamos encantados com o palácio mágico que seria nosso novo lar.

– Já teve uma vista dessas? – Ele abraçou minha mãe e apontou a colina verde, visível da janela da sala.

– Não – respondeu mamãe, sem entusiasmo.

– Então, por que essa cara azeda? – perguntou meu pai.

– Porque não tem piso – cochichou minha mãe, e olhou a terra e os canos de metal expostos abaixo de nossos pés.

Só então baixei os olhos e vi, com meus irmãos, o que minha mãe vira. Isto é, todos vimos antes que não havia piso, mas de algum modo, com toda a empolgação e todo o entusiasmo de meu pai, não prestamos muita atenção ao fato. Meu pai agora também baixava os olhos.

– Desculpe – disse ele. – Não sobrou dinheiro.

– Depois que nos mudarmos, terei de lavar o chão – disse minha mãe, com sua voz mais normal. – Sei lavar pisos, não areia.

– Tem razão – respondeu meu pai, e tentou abraçá-la.

– O fato de ter razão não me ajuda a limpar a casa – ela resmungou.

– Tudo bem, tudo bem – assentiu papai. – Se você parar de falar e me der um minuto de silêncio, pensarei em alguma coisa. Sabe disso, não é? – Mamãe concordou, sem convencer.

A descida pelo elevador foi menos festiva.

Quando nos mudamos para o apartamento novo algumas semanas depois, o chão estava inteiramente coberto de piso de cerâmica, cada cômodo de uma cor diferente. Na Israel socialista do início dos anos 1970, havia apenas um tipo de ladrilho – da cor do gergelim – e os pisos coloridos em nosso apartamento – vermelho, preto, marrom – eram diferentes de tudo que víramos na vida.

– Está vendo? – Meu pai deu um beijo orgulhoso na testa de minha mãe. – Eu disse que pensaria em alguma coisa.

Só um mês depois descobrimos exatamente no que ele pensara. Eu estava sozinho em casa tomando um banho quando um homem de cabelo grisalho e camisa branca entrou no banheiro com um jovem casal.

– Estes são nossos ladrilhos Volcano Red. Diretamente da Itália – disse ele, apontando o chão.

A mulher foi a primeira a dar por minha presença, nu e ensaboado, encarando os três. Eles rapidamente se desculparam e saíram do banheiro.

À noite, no jantar, quando contei a todos o que acontecera, meu pai revelou seu segredo. Como não tinha dinheiro para pagar pelo piso de cerâmica, fizera um acordo com a fábrica: eles nos dariam de graça e meu pai deixaria que usassem nossa casa como apartamento-modelo.

O táxi já havia chegado ao prédio de meus pais e, quando saímos, meu pai ainda segurava minha mão.

– É exatamente assim que gosto de tomar decisões, quando não há nada a perder e tudo a ganhar – repetiu.

Quando abrimos a porta do apartamento, fomos recebidos por um cheiro agradável e familiar, centenas de pisos coloridos e uma única esperança poderosa. Quem sabe? Quiçá desta vez também a vida e meu pai nos surpreendam com outro acordo inesperado.

DORMIR FORA

Eis um fato interessante sobre minha personalidade estúpida que aprendi com o passar dos anos: quando se trata de assumir um compromisso, há uma correlação direta e inversa entre a proximidade da solicitação no tempo e minha disposição de me comprometer com ele. Assim, por exemplo, posso recusar educadamente um modesto pedido de minha mulher para lhe preparar uma xícara de chá hoje, mas concordaria generosamente em fazer compras no mercadinho amanhã. Não tenho problema em dizer que me oferecerei voluntariamente, daqui a um mês, para ajudar um parente distante a se mudar para um novo apartamento; e se estivermos falando de um período daqui a seis meses, até me oferecerei para lutar nu com um urso polar. O único problema significativo com esse traço de caráter é que o tempo continua avançando e, no fim, quando você se vê tremendo de frio em alguma tundra congelada do Ártico, enfrentando um urso de pelo branco e dentes arreganhados, não pode deixar de se perguntar se não teria sido melhor apenas dizer não seis meses antes.

Em minha última viagem a Zagreb, na Croácia, em que fui participar de um festival de escritores, não me vi lutando com nenhum urso polar, mas cheguei bem perto. A caminho do hotel, enquanto repassava o horário dos eventos com Roman, organizador do festival, ele fez despreocupadamente o seguinte comentário:

– Espero que você não tenha se esquecido de que concordou em participar de um projeto cultural nosso e passar a noite no museu daqui. – De fato, eu me esquecera ou, mais precisamente, reprimira totalmente a lembrança. Mais tarde, porém, no hotel, vi que tinha recebido um e-mail sete meses antes perguntando se estaria disposto, durante o festival, a passar uma noite no Museu de Arte Contemporânea de Zagreb e depois escrever sobre a experiência. Minha resposta consistiu em três palavras: por que não?

Mas agora, sentado em meu quarto de hotel agradável e confortável em Zagreb, imaginando a mim mesmo em um museu escuro e trancado, esparramado em uma escultura de metal calombenta e enferrujada, intitulada, digamos: "Iugoslávia, um país dividido", coberto por uma cortina esfarrapada que tirei da entrada da chapelaria, a pergunta contrária me vem à mente: por que sim?

*

Depois do evento literário, estou sentado com outros participantes a uma mesa de madeira em um bar da cidade.

É quase meia-noite quando Carla, assistente de Roman, diz que está na hora de dar boa-noite a todos. Preciso ir para o museu. Os escritores, alguns meio bêbados, levantam-se e me dão uma despedida verdadeiramente teatral. O escritor basco musculoso abraça-me apertadamente e diz: "Espero vê-lo amanhã"; um tradutor alemão enxuga uma lágrima depois de apertar minha mão, ou talvez estivesse ajeitando a lente de contato.

O segurança noturno do museu não sabe uma palavra de inglês, que dirá hebraico. Leva-me por uma série de corredores escuros ao elevador lateral, que nos conduz, um andar acima, a uma sala bonita e espaçosa com uma cama bem-arrumada no meio. Faz um gesto que interpreto como um convite para que me sinta à vontade para andar pelo museu. Agradeço a ele com um aceno de cabeça.

Assim que o segurança sai, vou para a cama e tento dormir. Ainda não me recuperei do voo da manhã cedo e as cervejas depois do evento não me ajudaram muito a me manter alerta. Meus olhos começam a se fechar, mas outra parte de meu cérebro recusa-se a se submeter. Quantas vezes na vida terei a oportunidade de andar por um museu vazio? Seria um desperdício não dar um passeio curto. Levanto-me, calço os sapatos e desço pelo elevador. O museu não é imenso, mas, na quase escuridão, é difícil me orientar por ali. Passo por pinturas e esculturas e procuro me lembrar delas, para poder usar como marcos que me ajudem a encontrar o caminho para o elevador que me devolverá à minha cama confortável. Em alguns minutos, o medo e o cansaço diminuem um pouco e consigo enxergar as obras em exposição não só como um marco, mas também como obras de arte. Vejo-me andando em círculos pelos corredores. Sempre volto ao mesmo lugar. Sento-me no chão diante de uma fotografia descomunal de uma linda mulher cujos olhos parecem se cravar em mim. O texto escrito na foto é uma pichação de um soldado holandês desconhecido que fez parte da Força de Proteção das Nações Unidas enviada à Bósnia em 1994:

Sem dentes...?
Um bigode...?
Cheira a merda...?
Uma garota bósnia!

Essa obra poderosa lembra-me de algo que ouvi naquela tarde em Zagreb numa cafeteria de uma rua transversal. Um garçom contou-me que, durante a guerra, as pessoas que entravam no lugar tinham dificuldade para escolher a palavra certa quando queriam pedir café. A palavra "café", explicou ele, é diferente em croata, bósnio e sérvio, e toda opção de palavra inocente era carregada de conotações políticas ameaçadoras.

– Para evitar problemas – explicou – as pessoas começaram a pedir um espresso, uma palavra italiana neutra, e, da noite para o dia, paramos de servir café e servimos apenas espresso.

Sentado diante da pintura e pensando nas palavras, na xenofobia e no ódio no lugar de onde vim e onde estou agora, noto que o sol começa a nascer. A noite acabou e não desfrutei do luxo da cama macia que o segurança preparara para mim.

Levanto-me de onde estava, em um canto da sala, e me despeço da linda mulher na foto. À luz do dia, ela é ainda mais bela. Já são oito da manhã; parto para a saída enquanto os primeiros visitantes, com um guia da cidade nas mãos, entram no museu.

PARQUE DE DIVERSÕES

Quando eu era um garotinho, meu pai me levou para visitar um amigo da família que perdera um dedo. Quando me viu olhando fixamente sua mão de quatro dedos, o homem me disse que trabalhara em uma fábrica. Um dia, seu relógio de pulso caiu em uma máquina, e quando ele, por instinto, estendeu a mão para pegá-lo na engrenagem, as lâminas afiadas deceparam o dedo.

– Foi numa fração de segundo – lembrou ele, com um suspiro. – Mas, quando meu cérebro disse a meu braço que era melhor não procurar dentro da máquina, eu já tinha nove dedos.

Lembro-me de ouvir atentamente e tentar demonstrar tristeza. Mas a forte sensação de húbris pulsando fundo em mim dizia que esse tipo de coisa pode acontecer com estranhos azarados, mas não comigo.

Se um dia eu deixar cair o relógio em uma máquina cheia de lâminas, pensei, de jeito nenhum vou fazer a idiotice de tentar pegá-lo.

Pensei nessa história algumas semanas atrás, na manhã em que minha mulher e eu dissemos a nosso filho, Lev, que tem quase 6 anos, que faríamos uma viagem de família a Paris. Minha mulher falava animada da Torre Eiffel e do Louvre e eu resmungava alguma coisa sobre o Centro Pompidou e o Jardim de Luxemburgo. Lev simplesmente deu de ombros e perguntou, cansado, se em vez disso poderíamos ir a Eilat.

– É que nem ir a outro país – raciocinou ele –, só que todo mundo fala hebraico.

E então ele chegou, aquele erro de fração de segundo pelo qual eu pagaria caro. O tipo de erro que o deixa com o número certo de dedos, é verdade, mas inflige uma cicatriz emocional da qual você jamais pode se recuperar.

– Já ouviu falar da Euro Disney? – perguntei numa voz animada, perto da histeria.

– Euro o quê? – perguntou Lev. – O que é isso?

Minha mulher de imediato se meteu com seu afiado instinto de sobrevivência.

– Ah, não é nada. É só um lugar onde... ah, fica muito longe e é muito bobo. Vem, vamos ver umas fotos da Torre Eiffel na internet.

Mas Lev agora fora atiçado.

– Não quero ver a Torre Eiffel. Quero ver fotos do lugar que o papai falou.

Naquela tarde, quando o menino foi para sua aula de capoeira, na qual passaram os últimos dois anos ensinando-o a chutar habilidosamente seus colegas no ritmo brasileiro, aproximei-me de minha mulher e pedi seu perdão:

– Ele parecia tão pouco entusiasmado com a viagem que eu só queria animá-lo um pouco.

– Eu sei. – Ela me abraçou calorosamente. – Não se preocupe. O que vier pela frente vai passar rapidamente. Por mais horrível que seja, é só um pequeno dia no resto de nossa vida.

Duas semanas depois, em uma manhã cinzenta e úmida de sábado, vimo-nos tremendo na praça na frente do que agora se chama Disneyland Paris. Funcionários tristes com uniformes alegres bloqueavam fisicamente nosso acesso aos brinquedos.

– Agora a entrada é permitida apenas a hóspedes do Disney Hotel e a quem tem o passaporte Disney, que pode ser comprado na bilheteria – explicou uma das funcionárias na voz rouca e dolorosa de Amy Winehouse.

– Estou com frio. – Lev reclamou. – Quero que essa moça deixe a gente entrar.

– Ela não pode – respondi, e soprei ar quente em seu nariz numa tentativa ridícula de derreter o muco congelado pendurado de suas narinas.

– Mas aquelas crianças entraram – ele choramingou, e apontou um grupo alegre de crianças que agitavam seus passaportes brilhantes do Mickey para a srta. Winehouse. – Por que eles podem entrar e eu não?

Tentei uma resposta inadequadamente séria:

– Lembra que conversamos sobre as manifestações de protesto no verão? Que nem todo mundo tem as mesmas oportunidades na sociedade?

– Eu quero o Mickey! – choramingava o menino. – Quero falar com o Mickey sobre isso. Se ele e Pluto souberem o que essa moça está fazendo, vão deixar a gente entrar.

– Mickey e Pluto não existem de verdade – respondi. – E mesmo que existissem, como é que um camundongo e um cachorro poderiam influenciar a política de maximização de lucros de uma empresa de capital aberto? Se o Mickey viesse em nosso auxílio, é provável que fosse demitido bem...

– Pipoca! – gritou o menino –, quero pipoca! Pipoca que brilha no escuro igual à pipoca que aquela menina gorda está comendo bem ali!

Depois de duas caixas da pipoca anormalmente pegajosa que se transformaria naquela noite em cocô fluorescente, Winehouse deixa que nós e outras mais ou menos mil famílias desesperadas entrem e todos correm para os brinquedos. Minha mulher, pacifista, para evitar pisotear um bebê choroso, deu um passo de lado brevemente, o que nos custou mais vinte minutos de espera pelo carrossel do Dumbo. A fila parecia muito curta quando estávamos parados nela. Esta, talvez, seja a verdadeira mágica do lugar: a capacidade de serpentear as filas de um jeito que sempre faz com que pareçam curtas. Enquanto esperávamos, li em meu iPhone algumas informações interessantes sobre Walt Disney. O site em que eu estava alegava que, ao contrário da lenda, Disney não era verdadeiramente nazista, apenas um antissemita comum que odiava comunistas e tinha um carinho especial pelos alemães.

Espalhados à nossa volta, no labirinto confuso de filas, havia alguns postes de pedra ornamentais de que brotavam plantas mínimas. Lev reclamou que aquelas pequenas árvores fediam. No início eu disse que era só imaginação dele, mas depois vi o terceiro pai levantar o filho acima de um poste para ele urinar ali e percebi que o mesmo Deus que abençoara os projetistas do parque com a sabedoria arquitetônica transcendental também abençoou meu filho com sentidos afiados. Agora estava um pouco mais quente e o muco de Lev voltara a ser líquido. Minha mulher me mandou procurar um lenço de papel. Em minha rápida excursão, descobri que naquele parque é possível obter qualquer coisa que se possa comprar com dinheiro, mas produtos nada lucrativos como banheiros, canudinhos ou guardanapos eram de localização praticamente impossível. Quando voltei à minha família, Lev saía alegremente do carrossel do Dumbo. Correu para mim e me abraçou.

– Papai! Isso foi divertido! – Como se obedecesse a uma deixa, um imenso Mickey Mouse apareceu e começou a bater papo com os visitantes.

– Fala pro Mickey – Lev me instruiu – que queremos abrir uma Shekel Disney igual a esta em Israel.

– O que é uma Shekel Disney? – perguntei.

– Igual a esta, mas, em vez de cobrar euros das pessoas, vamos cobrar shekels – explicou-me o anão financista.

Mickey chegou mais perto. Agora estava à distância de um toque. Lancei um *bonjour* na direção dele, na esperança de quebrar o gelo.

– Bem-vindo à Disneyland Paris! – respondeu Mickey, acenando para nós com a mão de luva branca com quatro dedos.

ACIDENTE

– Sou taxista há trinta anos – me conta o baixinho sentado ao volante –, trinta anos e nenhum acidente.

Faz quase uma hora que entrei em seu táxi em Bersebá e ele não parou de falar nem por um segundo. Em circunstâncias diferentes, teria dito para ele calar a boca, mas não tenho energia para isso hoje. Em circunstâncias diferentes, não desembolsaria 350 shekels para pegar um táxi até Tel Aviv. Teria pegado o trem. Mas hoje sinto que preciso chegar em casa o mais cedo possível. Como um picolé derretendo precisa voltar ao freezer, como um celular que precisa urgentemente ser recarregado.

Passei a última noite no hospital Ichilov com minha mulher. Ela teve um aborto espontâneo e sangrava muito. Achávamos que tudo ficaria bem, até que ela desmaiou. Só quando chegamos à emergência nos disseram que sua vida corria perigo e fizeram uma transfusão de sangue. Alguns dias antes, os médicos de meu pai falaram a mim e a meus pais que o câncer na base de sua língua voltara e que a única maneira de combatê-lo era remover a língua e a laringe. A oncologista não recomendava a cirurgia, mas meu pai a queria.

– Na minha idade – disse ele –, só preciso de meu coração e dos olhos para desfrutar de ver meus netos crescerem. – Quando saímos do quarto, a médica cochichou comigo: "Converse com ele." Ela evidentemente não conhecia o meu pai.

O taxista repete pela centésima vez que em trinta anos não sofreu um só acidente e que, de repente, cinco dias atrás, seu carro "beijou" o para-choque do carro à frente, que andava a vinte por hora. Quando pararam para verificar, ele viu que, a não ser pelo arranhão no lado esquerdo do para-choque, o outro carro não sofrera dano algum. Ele ofereceu ao outro motorista 200 shekels no ato, mas o motorista insistiu em que trocassem as informações da seguradora. No dia seguinte o motorista, um russo, pediu-lhe para ir a uma oficina e o russo e o proprietário – provavelmente amigo dele – mostraram-lhe um enorme amassado do outro lado do carro e disseram que os danos eram de 2 mil shekels. O taxista recusou-se a pagar e agora a seguradora do outro o está processando.

– Não se preocupe, vai ficar tudo bem – digo a ele, na esperança de que minhas palavras façam com que pare de falar por um minuto.

– E vai ficar tudo bem como? – reclama o homem. – Eles vão me ferrar. Aqueles filhos da puta vão arrancar o dinheiro de mim. Não vê a injustiça disso? Faz cinco dias que não durmo. Entende o que estou dizendo?

– Pare de pensar nisso – sugiro. – Procure pensar em outras coisas de sua vida.

– Não consigo – o taxista geme e faz uma careta. – Simplesmente não consigo.

– Então, pare de falar nisso comigo – digo. – Continue pensando e sofrendo, mas não me fale mais nisso, está bem?

– Não é pelo dinheiro – continua o taxista –, pode acreditar. É a injustiça que acaba comigo.

– Cale a boca – digo, finalmente perdendo a paciência. – Simplesmente cale a boca por um minuto.

– Por que está gritando? – pergunta o taxista, ofendido. – Sou um velho. Isso não é educado.

– Estou gritando porque meu pai vai morrer se não arrancarem a língua de sua boca – continuo a gritar –, estou gritando porque minha mulher está num hospital, depois de sofrer um aborto espontâneo. – O motorista fica em silêncio pela primeira vez desde que entrei em seu táxi e agora, de repente, sou eu que não consigo deter o fluxo de palavras. – Vamos fazer um acordo – digo. – Leve-me a um caixa eletrônico e vou retirar 2 mil shekels e dar a você. Em troca, será o seu pai que terá a língua removida e sua mulher que ficará num leito de hospital recebendo uma transfusão de sangue depois de um aborto espontâneo.

O motorista ainda está em silêncio. E, agora, eu também. Sinto-me meio mal por ter gritado com ele, mas não o bastante para me desculpar. Para evitar seus olhos, olho pela janela. A placa na rua em que estamos diz "Rosh Ha'ayin" e noto que passamos da saída para Tel

Aviv. Digo isso a ele educadamente, ou grito com raiva, não me lembro mais. Ele diz para não me preocupar. Não conhece bem o caminho, mas em um minuto vai encontrar.

Alguns segundos depois ele estaciona na pista da direita da rodovia depois de conseguir convencer outro motorista a parar. Começa a sair do táxi para pedir informações sobre como chegar a Tel Aviv.

– Você vai matar a nós dois – digo a ele. – Não pode parar aqui.

– Sou taxista há trinta anos – ele me rebate, enquanto sai do carro. – Trinta anos e nenhum acidente.

Sozinho no táxi, sinto as lágrimas surgindo. Não quero chorar. Não quero sentir pena de mim mesmo. Quero ser otimista, como meu pai. Minha mulher agora está bem e já temos um filho maravilhoso. Meu pai sobreviveu ao Holocausto e chegou aos 83 anos. Este copo não está só pela metade, ele transborda. Não quero chorar. Não neste táxi. As lágrimas se acumulam e logo começam a escorrer. Repentinamente ouço um estrondo e barulho de janela quebrando. O mundo em volta de mim se faz em pedaços. Um carro prata dá uma guinada para a pista ao lado, completamente amassado. O táxi se move também. Mas não no chão. Flutua acima dele para a mureta de concreto na lateral da estrada. Depois bate, há outro estrondo. Outro carro deve ter atingido o táxi.

Na ambulância, o paramédico que usa um solidéu me diz que tive muita sorte. Um acidente desses sem mortes é um milagre.

– No minuto em que tiver alta do hospital – diz ele –, deve correr à sinagoga mais próxima e agradecer por ainda estar vivo.

Meu celular toca. É meu pai. Só está ligando para saber como foi meu dia na universidade e se o pequeno ainda está dormindo. Digo a ele que o pequeno está dormindo e que meu dia na universidade foi ótimo. E Shira, minha mulher, também está bem. Ela acaba de entrar no banho.

– Que barulho é esse? – pergunta ele.

– Uma sirene de ambulância – digo-lhe. – Que acaba de passar na rua.

Uma vez, cinco anos atrás, eu estava na Sicília com minha mulher e meu filho bebê. Liguei para meu pai para saber como ele estava. Ele disse que estava tudo ótimo. Ao fundo, uma voz em um alto-falante chamava um dr. Shulman à sala de cirurgia.

– Onde você está? – perguntei.

– No supermercado – respondeu meu pai, sem hesitar nem por um momento. – Estão anunciando no alto-falante que alguém perdeu a bolsa.

Ele parecia tão convincente ao dizer isso. Tão confiante e feliz.

– Por que você está chorando? – pergunta meu pai agora, do outro lado da linha.

– Não é nada – respondo, enquanto a ambulância para ao lado da emergência e o paramédico abre com estrondo as portas do veículo. – Sério, não é nada.

UM BIGODE PARA MEU FILHO

Antes do sexto aniversário de meu filho, Lev, perguntamos se ele queria fazer algo especial. Ele olhou para mim e minha mulher meio desconfiado e perguntou por que tínhamos de fazer algo especial. Disse a ele que não precisávamos, mas que em geral as pessoas fazem coisas especiais no aniversário porque é um dia especial. Se houvesse alguma coisa que Lev gostaria, expliquei, como enfeitar a casa, assar um bolo ou dar um passeio em um lugar aonde não costumamos ir, sua mãe e eu faríamos com satisfação. E, se não houvesse, poderíamos simplesmente passar o dia como sempre. Ele é que decidiria. Lev olhou-me atentamente por alguns segundos e falou.

– Quero que você faça uma coisa especial com a sua cara.

E foi assim que nasceu o bigode.

O bigode é uma criatura peluda e misteriosa, muito mais enigmática do que sua irmã mais velha, a barba, que claramente conota aflição (luto, descoberta da religião, ser um náufrago numa ilha deserta). As associações suscitadas por um bigode estão mais na linha de Shaft,

Burt Reynolds, astros pornôs alemães, Omar Sharif e Bashar al-Assad – em suma, os anos 1970 e os árabes. Assim, em vez de "O que anda fazendo?", "Como vai a família?" ou "Está trabalhando em alguma coisa nova?", é natural um velho conhecido que encontra seu bigode pela primeira vez perguntar: "Por que esse bigode?"

A época de meu novo bigode – dez dias depois do aborto espontâneo de minha mulher, uma semana depois de eu machucar as costas em um acidente de carro e duas semanas depois de meu pai descobrir que tinha um câncer inoperável – não poderia ser melhor. Em vez de falar da quimioterapia de meu pai ou da transfusão de sangue de minha mulher, posso desviar toda conversa ao grosso tufo de pelos faciais que crescem acima de meu lábio superior. E sempre que alguém me perguntava "Por que esse bigode?", eu tinha a resposta perfeita e era até sincera: "É para o menino."

O bigode não é só um ótimo recurso de distração; também é um excelente "quebra-gelo". É incrível como muitas pessoas que veem um bigode novo no meio de uma cara conhecida ficam felizes em contar suas próprias histórias de bigodes. Foi assim que descobri que o acupunturista que trata minha nova dor nas costas foi oficial na unidade de elite das Forças de Defesa de Israel e que já teve de desenhar um bigode na cara.

– Parece brincadeira – contou ele –, mas uma vez fomos numa operação secreta, disfarçados de árabes, e nos disseram que as duas coisas mais importantes eram o bigode e os sapatos. Se você tem um bigode respeitável e sapatos convincentes, as pessoas o consideram um árabe mesmo que seus pais sejam da Polônia.

Ele se lembrava bem da operação. Foi no Líbano e eles andavam a céu aberto. Notaram um homem com um turbante árabe a certa distância, vindo na direção deles. Tinha uma arma pendurada no ombro. Eles se deitaram no chão. Suas ordens eram claras: se encontrassem alguém com uma Kalashnikov, era um terrorista e eles tinham de atirar imediatamente; se fosse uma espingarda de caça, deveria ser apenas um pastor.

Meu acupunturista ouvia os dois atiradores de sua unidade discutindo pelo walkie-talkie. Um deles alegava que sabia dizer, pela coronha, que era uma Kalashnikov de fabricação chinesa. O outro dizia que era comprida demais para ser uma Kalashnikov – ele achava que era uma espingarda antiga, e não uma arma automática. O homem se aproximava. O primeiro atirador insistia em pedir permissão para abrir fogo. O outro não dizia nada. Meu acupunturista ficou deitado ali, transpirando, um rapaz de 20 anos com binóculo e um bigode pintado, sem saber o que fazer.

O primeiro-tenente cochichou no seu ouvido que, se fosse de fato um terrorista, eles teriam de atirar antes que o homem os visse.

Bem naquele momento, o homem que vinha na direção deles parou, virou-se e deu uma mijada. Meu acupunturista agora podia ver tranquilamente pelo binóculo que o homem carregava um guarda-chuva grande.

– Acabou – disse o acupunturista, enquanto retirava a última agulha de meu ombro esquerdo. – Pode se vestir.

Quando terminei de abotoar a camisa e olhei o espelho, o bigode no reflexo parecia totalmente irreal, exatamente como a história que acabara de ouvir. A história de um garoto com um rabisco que parecia um bigode, que quase matou um homem com um guarda-chuva que parecia uma espingarda, em uma operação secreta que parecia uma guerra. Talvez eu deva, afinal, raspar esse bigode. A realidade aqui já é confusa demais do jeito em que está.

AMOR AO PRIMEIRO UÍSQUE

Oito anos atrás meus pais comemoravam seu 49º aniversário de casamento em condições um tanto dolorosas, meu pai sentado à mesa festiva com as bochechas inchadas e a aparência culpada de alguém que esconde nozes na boca.

– Desde a cirurgia de implante dentário ele parece um esquilo travesso – disse mamãe, com certa malícia. – Mas o médico prometeu que vai passar em uma semana.

– Ela se permite falar desse jeito – retrucou meu pai, num tom de reprovação – porque sabe que não posso mordê-la agora. Mas não se preocupe, Mamele. Nós, os esquilos, temos boa memória.

E para provar essa alegação, meu pai recuou cinquenta anos para contar à minha mulher e a mim como ele e minha mãe se conheceram.

Meu pai tinha 29 anos e instalava infraestrutura elétrica em prédios. Sempre que terminava um projeto, saía e gastava o salário na boemia por duas semanas, depois disso ficava na cama por dois dias para se recuperar e em seguida ia trabalhar em um novo projeto. Em uma de suas farras, foi a um restaurante romeno na praia em

Tel Aviv com alguns amigos. A comida não era lá essas coisas, mas a bebida era boa e a trupe de ciganos que tocava ali era extraordinária. Meu pai ficou para ouvir os músicos e suas melodias tristes muito depois de os amigos terem desmaiado e serem levados para casa.

Mesmo depois que o último dos comensais terminou e o velho proprietário insistiu em fechar, meu pai recusou-se a se afastar da trupe e, com a ajuda de alguns elogios e dinheiro, convenceu os ciganos a serem sua orquestra pessoal naquela noite. Eles andaram pelo calçadão da praia com ele, tocando magnificamente. A certa altura, meu pai, embriagado, teve o impulso incontrolável de urinar e, assim, pediu a seu grupo particular de músicos para tocar uma música animada, apropriada para esses acontecimentos osmóticos.

Foi então fazer numa parede próxima o que fazem as pessoas depois de beber excessivamente.

– Era tudo perfeito – contou ele, sorrindo entre suas bochechas de esquilo. – A música, o cenário, a leve brisa do mar.

Alguns minutos depois, a euforia foi interrompida por um carro de polícia chamado para prender meu pai por perturbar a paz e fazer uma manifestação sem permissão. Por acaso a parede que ele escolhera era o lado oeste da embaixada da França, e os seguranças pensaram que o homem que urinava com o acompanhamento de uma alegre banda de músicos ciganos encenava um protesto político criativo. Rapidamente chamaram a polícia. Os policiais empurraram meu pai, que cooperou feliz, para o banco traseiro do carro. O assento era macio e confortável e, depois de uma longa noite, meu pai ficou feliz pela oportunidade de tirar um leve cochilo. Ao contrário de meu pai, os ciganos estavam sóbrios, resistiram à prisão e protestaram com veemência que não fizeram nada de ilegal. A polícia tentou enfiá-los no carro e, na luta, o macaco de estimação de um dos músicos mordeu um dos policiais. Ele reagiu com um grito que acordou meu pai, que, como qualquer pessoa curiosa, saiu do carro para descobrir o que estava havendo. Fora do carro, viu policiais e ciganos travando uma batalha um tanto cômica e, atrás deles, alguns transeuntes curiosos que tinham parado para assistir ao espetáculo incomum. Entre eles estava uma linda ruiva.

Mesmo através da névoa alcoólica, meu pai sabia que ela era a mulher mais bonita que ele já vira. Pegou o bloco de eletricista no bolso, tirou o lápis que mantinha atrás da orelha direita, sempre pronto para a ação, aproximou-se de minha mãe, apresentou-se como o inspetor Ephraim e perguntou se ela fora testemunha do incidente. Assustada, mamãe disse que tinha acabado de chegar, mas papai insistiu em que precisava anotar seus dados, assim poderia interrogá-la depois. Ela lhe deu seu endereço e, antes que o inspetor Ephraim pudesse dizer mais alguma coisa, dois policiais furiosos saltaram nele, algemaram-no e o arrastaram para o carro.

– Entrarei em contato – gritou ele a mamãe, com o característico otimismo, do carro em movimento.

Minha mãe foi para casa tremendo de medo e contou à colega de apartamento que um assassino em série tinha conseguido ardilosamente arrancar o endereço dela. No dia seguinte, meu pai chegou à soleira da porta de minha mãe, sóbrio e com um buquê de flores. Ela se recusou a abrir a porta. Uma semana depois foram ao cinema e um ano depois disso casaram-se.

Passaram-se cinquenta anos. O inspetor Ephraim não está mais no setor de eletricidade e minha mãe não tem colega de apartamento há muito tempo. Mas, em ocasiões especiais como os aniversários, meu pai ainda tira uma garrafa de uísque especial do armário, o mesmo que lhe deram há muito no extinto restaurante romeno, e serve uma dose a todos.

– Quando a médica disse só líquidos na primeira semana, ela pretendia dizer sopa, não isso – cochicha minha mãe para mim enquanto todos brindamos.

– Cuidado, Mamele. Eu escuto tudo – diz papai, preenchendo o espaço entre suas bochechas inchadas com um gole de uísque. – E daqui a dez dias poderei morder novamente.

No táxi, da casa de meus pais para a nossa, minha mulher diz que há algo na história de como os casais se conhecem que sugere como viverão juntos.

– Meus pais – contou ela – conheceram-se em circunstâncias extremas e pitorescas e sua longa vida juntos parecia sempre um carnaval.

– E nós? – pergunto.

Apaixonei-me por minha mulher em uma boate. Ela entrava enquanto eu estava prestes a ir embora. Antes disso, só nos conhecíamos muito superficialmente.

"Já estou indo embora", gritei, tentando ser ouvido no meio do barulho da música quando nos encontramos perto da porta. "Preciso levantar cedo amanhã."

"Me beija", gritou ela para mim.

Fiquei petrificado. Pelo pouco que conhecia dela, sempre parecera muito tímida e aquele pedido era inteiramente inesperado.

"Talvez eu fique um pouco mais", respondi.

Uma semana depois estávamos namorando. Um mês depois eu disse a ela que aquele "me beija" na porta da boate fora a coisa mais atrevida que ouvira uma garota dizer. Ela me olhou e sorriu.

– O que eu disse é que você nunca acharia um táxi – contou ela.

Ainda bem que ouvi errado.

– Nós? – Minha mulher pensou por um momento no táxi. – Também somos como nos conhecemos. Nossa vida é uma coisa e você sempre a reinventa, transforma essa coisa em outra mais interessante. É o que fazem os escritores, não?

Dei de ombros, sentindo-me um tanto reprovado.

– Não estou reclamando – disse minha mulher, beijando-me. – Comparada com a tradição familiar de urinar bêbado em paredes de embaixadas, você pode dizer que saí barato.

ANO 7

SHIVÁ

Um dia, de manhã, o irmão de minha avó decidiu deixar de ser religioso. Raspou a barba, cortou os cachos laterais, tirou seu solidéu, fez as malas e resolveu partir de sua cidade natal de Baranovichi e começar uma vida nova. O rabino da cidade, considerado um prodígio no Talmude, pediu para vê-lo antes de ele partir. O encontro de Avraham, irmão da minha avó, com o rabino foi breve e não muito agradável. O rabino conhecia Avraham como um estudante talentoso da Torá e ficou profundamente decepcionado por ele ter decidido abandonar a religião. Mas não mencionou isso a ele, apenas lhe lançou um olhar penetrante e garantiu que Avraham só morreria quando voltasse ao caminho da Torá. Na época, não ficou claro se isso era uma bênção ou uma ameaça, mas as palavras foram pronunciadas com tamanha convicção que Avraham jamais se esqueceu delas.

Ouço essa história durante a shivá por meu pai. Meu irmão mais velho está sentado à minha direita e minha irmã senta-se numa banqueta baixa à minha esquerda. Ofereço-lhe minha cadeira confortável, mas ela diz não. Segundo os costumes do luto judaico, que minha irmã ultraortodoxa observa rigorosamente, a família do falecido deve se sentar em cadeiras mais baixas do que as pessoas que vêm prestar as condolências. Sentado à nossa frente está um parente distante da cidade ultraortodoxa de Bnei Brak e, como muitos outros que vieram nos visitar na shivá, oferece-nos não só algum consolo, mas também uma história nova e inteiramente desconhecida sobre nosso pai. É maravilhoso quantas outras facetas existiram naquele homem além daquelas que conheci quando ele era vivo. E não menos maravilhoso é que completos estranhos, gente que nunca vi, ajudavam-me a me aproximar um pouco mais de meu pai, mesmo agora que ele se fora.

O parente ultraortodoxo de Bnei Brak não comeu nem bebeu em nossa casa durante a shivá. Recusou até um copo de água. Não pergunto por quê, mas fica bem claro que ele não confia inteiramente em nós em questões de kashruth. Só o que ele faz é contar a história.

Como se ele viesse aqui como mensageiro, para colocar outra história sobre papai à nossa porta, oferecer algumas poucas palavras contidas de conforto e partir. Mas, antes que vá, precisa terminar a história.

E então, onde estávamos? Naquele encontro de Avraham com o rabino. Anos depois Avraham saiu da yeshivá na Polônia, emigrou para Israel, ingressou em um kibutz e se viu no coração de uma guerra terrível. Era 1973 e, no Yom Kipur, um ataque surpresa foi lançado contra Israel. O Exército israelense foi apanhado despreparado e, durante os primeiros dias da guerra, todos achavam que estava próximo o fim do Estado de Israel e do povo judeu. Avraham estava em um lugar fortemente bombardeado pelos sírios, e, com as bombas explodindo em toda parte à sua volta, ele se levantou e chamou uma mulher deitada no chão a pouca distância para vir se deitar ao lado dele. A mulher aproximou-se correndo e, quando perguntou ao sumamente confiante Avraham por que ele achava que era mais seguro ali, ele explicou que ela devia ficar perto dele porque nenhuma bomba cairia ali.

– Muita gente sem sorte vai morrer nesta maldita guerra – disse Avraham, tentando acalmar a mulher assustada –, mas não estarei entre elas.

Gritando por causa do assovio da artilharia, ela perguntou como podia ter tanta certeza disso e Avraham respondeu sem hesitar:

– Porque ainda não voltei ao caminho da Torá.

Avraham e a mulher sobreviveram ao bombardeio e anos depois, quando ele caiu no mar durante uma tempestade, a equipe de resgate o encontrou se debatendo na água e gritando aos céus: "Ainda não acredito em você!"

Avraham criou uma família grande e próspera e chegou à velhice com saúde relativamente boa até que uma doença grave o acometeu. A certa altura, depois de ter perdido a consciência, os médicos disseram à família que ele não duraria mais de um dia. Mas esse dia continuava passando e algumas semanas depois, quando meu pai visitou a família de Avraham e soube o quanto ele sofria, pediu-lhes um livro de orações e um solidéu, foi diretamente ao hospital, entrou no quarto de Avraham e rezou a noite toda junto de seu leito. Ao amanhecer, Avraham morreu.

– Não é tão difícil rezar pela alma de um judeu quando você é um crente – diz esse parente enquanto vai à porta. – Como homem religioso, posso lhe dizer que é muito fácil, é como um reflexo quase involuntário. Mas para um homem secular como seu pai... Ele tem de ser verdadeiramente um tzadik.

Naquela noite, quando a última visita foi embora e nossa mãe foi dormir, só minha irmã, meu irmão e eu ficamos na sala de estar. Meu irmão fumava um cigarro e olhava pela janela e minha irmã ainda estava sentada em sua banqueta. Logo todos fomos dormir em nossos quartos da infância. Meus pais tinham deixado os três quartos exatamente como eram, como se soubessem que um dia voltaríamos. Na parede de meu quarto há um pôster de um herói de quadrinhos que eu adorava quando criança; no quarto de meu irmão, um mapa-múndi acima de sua cama; e na parede do quarto de minha irmã há uma tapeçaria que ela bordou quando era adolescente, retratando – naturalmente – Jacó lutando com um anjo vestido de branco. Mas, antes de irmos dormir, tentamos ficar mais alguns minutos sozinhos. A shivá termina amanhã. Minha irmã voltará ao bairro ultraortodoxo de Mea Shearim, em Jerusalém, e meu irmão pegará o avião de volta para a Tailândia, mas até lá ainda podemos tomar uma xícara de chá juntos, comer os biscoitos estritamente kosher que comprei para minha irmã em uma loja especializada, saborear as histórias que ouvimos sobre nosso pai durante a semana de luto e ter orgulho de papai sem desculpas ou críticas, como crianças.

NOS PASSOS DE MEU PAI

Era a noite em que deveria pegar um avião de Israel a Los Angeles para dar início à turnê promocional de meu livro, e eu não queria ir. Meu pai tinha morrido só quatro semanas antes e essa viagem implicava que eu perderia o descerramento de sua lápide. No entanto, minha mãe insistiu.

– Seu pai ia querer que você fosse.

E esse foi um argumento muito convincente. Meu pai de fato ia querer que eu fizesse a viagem. Quando ele adoeceu, cancelei todos os planos de viagem, e, embora ele percebesse o quanto era importante para nós dois estarmos juntos nesses dias de dificuldade, os cancelamentos ainda o incomodavam.

Agora eu estava pensando nele e na turnê do livro enquanto dava banho em meu filho Lev. Por um lado, pensei, a última coisa que queria agora era entrar num avião.

Por outro, talvez fosse bom me ocupar, pensar em outras coisas por um tempo. Lev sentiu que minha cabeça estava em outro lugar, e quando o tirei da banheira para enxugá-lo, ele viu nisso uma oportunidade de ouro para uma brincadeirinha violenta de última hora antes que o pai partisse. Gritou "Ataque surpresa!" e deu uma cabeçada amistosa em minha barriga. Minha barriga suportou bem, mas Lev escorregou no piso molhado, caiu de costas e sua cabeça quase bateu na beira de nossa antiga banheira. Agi por instinto e consegui colocar a mão na borda da banheira a tempo de amortecer o golpe.

Lev saiu dessa aventura violenta incólume, assim como eu, exceto por um pequeno corte no dorso da minha mão esquerda. Como nossa antiga banheira tinha alguns pontos marrons de ferrugem na borda, tive de ir a uma clínica próxima tomar o soro antitetânico. Consegui fazer isso rapidamente, assim estava em casa na hora de Lev ir dormir. Ele, que já estava de pijama e deitado na cama, ficou aborrecido.

– Eles te deram uma injeção? – perguntou. Assenti.
– E doeu?

– Um pouco – respondi.

– Não é justo – gritou Lev. – Isso não é justo! Fui eu que fiz besteira. Eu deveria ter me arranhado e tomado a injeção, e não você. Por que você colocou a mão ali?

Disse a Lev que fizera isso para protegê-lo.

– Eu sei – disse ele –, mas por que você quis me proteger?

– Porque eu te amo, porque você é meu filho. Porque um pai sempre tem de proteger o filho.

– Mas por quê? – insistiu Lev. – Por que o pai tem que proteger o filho?

Pensei por um momento antes de responder.

– Olha – expliquei, enquanto fazia um carinho em seu rosto –, às vezes o mundo em que vivemos pode ser muito difícil. E é justo que todo mundo que nasça nele tenha pelo menos uma pessoa que estará presente para protegê-lo.

– E você? – perguntou Lev. – Quem vai te proteger, agora que o vovô morreu?

Não chorei na frente de Lev. Mas naquela noite, no avião para Los Angeles, chorei.

O cara no balcão da companhia aérea no aeroporto Ben Gurion sugeriu que eu levasse minha maleta para o avião, mas eu não tinha vontade de arrastá-la comigo, então a despachei. Depois de pousarmos e eu esperar em vão no carrossel de bagagens, percebi que deveria ter dado ouvidos a ele. Não havia muita coisa na maleta: cuecas, meias, algumas camisas passadas e bem dobradas e um par de sapatos do meu pai. A verdade era que meu plano original era levar uma foto dele comigo na turnê, mas, de algum modo, por nenhum motivo lógico, um minuto antes de eu descer para o táxi, joguei na maleta um par de sapatos que ele esquecera em minha casa alguns meses antes. Agora esses sapatos deveriam estar circulando por algum carrossel em um aeroporto diferente.

A companhia aérea levou uma semana para devolver minha maleta, uma semana durante a qual participei de muitos eventos, dei muitas entrevistas e dormi muito pouco. Meu jet lag servia como uma ótima desculpa, embora eu deva confessar que mesmo em Israel, antes de sair, já não dormia muito bem. Decidi comemorar o reencontro emocionado entre mim e minha bagagem com um longo banho quente. Abri a maleta e a primeira coisa que vi foram os sapatos de meu pai, dispostos sobre uma pilha de camisas passadas a ferro. Retirei-os e coloquei na mesa. Peguei uma camiseta e uma cueca e fui para o banheiro. Saí três minutos depois para uma enchente: todo o andar de meu quarto estava coberto de água.

Um problema raro com os canos, mais tarde me diria o bigodudo da manutenção do hotel com um forte sotaque polonês. Tudo que estava em minha maleta, que deixara no chão, ficou ensopado. Ainda bem que jogara meu jeans na cama e pendurara minha cueca no gancho da toalha.

O carro que vinha me buscar para o evento chegaria em alguns minutos, tempo suficiente para secar um par de meias com o secador de cabelo e descobrir que era inútil, porque meus sapatos estavam no fundo da melancólica poça em que se transformara meu quarto. O motorista ligou para meu celular. Tinha acabado de chegar e não encontrara uma vaga boa para estacionar, então queria saber quanto tempo eu demoraria para descer. Olhei os sapatos de meu pai, pousados na mesa, secos; pareciam muito confortáveis. Calcei e amarrei os cadarços. Couberam com perfeição.

A CASA ESTREITA

A garçonete na cafeteria de Varsóvia pergunta se sou turista.

– A verdade – respondo, e aponto para o cruzamento próximo – é que minha casa fica bem ali.

É surpreendente o pouco tempo de que precisei para chamar de "casa" o espaço de 1,20 metro de largura em um país estrangeiro, cuja língua não falo. Mas aquele espaço comprido e estreito onde passei a noite parece realmente minha casa.

Só três anos atrás a ideia me pareceu mais uma brincadeira sem graça. Recebi um telefonema em meu celular de um número bloqueado. O homem do outro lado da linha, que falava inglês com um forte sotaque polonês, apresentou-se como Jakub Szczesny e disse ser um arquiteto polonês.

– Um dia – disse ele – estava andando na rua Chlodna e vi um espaço estreito entre dois prédios. E aquele espaço me disse que tinha de construir uma casa ali para você.

– Que beleza – respondi, tentando aparentar seriedade. – É sempre uma boa ideia fazer o que um espaço lhe diz.

Duas semanas depois dessa estranha conversa, que arquivei na memória na pasta "Pegadinhas Obscuras", recebi outro telefonema de Szczesny. Dessa vez, por acaso, ele ligava de Tel Aviv. Veio para nos encontrarmos pessoalmente porque pensara, corretamente, que eu não o levara a sério em nossa última conversa. Quando nos encontramos numa cafeteria na rua Ben Yehuda, ele me deu mais detalhes de sua ideia de construir uma casa para mim que tivesse as proporções de meus contos: minimalista e pequena ao máximo. Quando Szczesny viu o espaço sem uso entre os dois prédios na rua Chlodna, decidiu que tinha de construir uma casa para mim ali. Quando nos conhecemos, ele me mostrou o projeto do prédio: uma casa estreita de três andares.

Depois de nosso encontro, levei para a casa de meus pais a imagem simulada por computador da casa em Varsóvia. Minha mãe nasceu em Varsóvia em 1934. Quando a guerra estourou, ela e sua família acabaram no gueto. Quando criança, ela precisava encontrar meios de sustentar os pais e o irmão bebê. As crianças podiam escapar do gueto e contrabandear comida para dentro pelas aberturas pequenas demais para os adultos. Durante a guerra, ela perdeu a mãe e o irmão mais novo. Depois perdeu também o pai e ficou inteiramente só no mundo.

Certa vez ela me contou, muitos anos atrás, que depois que sua mãe morrera ela disse ao pai que não queria mais lutar, que não se importava se morresse também. O pai lhe disse que ela não deveria morrer, que precisava sobreviver.

— Os nazistas — disse ele — querem apagar o nome de nossa família da face da Terra e você é a única que pode mantê-lo vivo. É sua missão passar pela guerra e cuidar para que nosso nome sobreviva. Para que todo mundo que ande pelas ruas de Varsóvia o conheça.

Pouco depois disso ele morreu. Quando a guerra terminou, minha mãe foi enviada a um orfanato na Polônia, depois a outro na França e dali para Israel. Ao sobreviver, ela atendeu ao pedido do pai.

Manteve vivos a família e seu nome.

Quando meus livros começaram a ser traduzidos, os dois países em que tive mais sucesso como escritor, para certa surpresa minha, foram a Polônia e a Alemanha. Mais tarde, em perfeita conformidade com a biografia de minha mãe, a França uniu-se a eles. Mamãe jamais voltou à Polônia, mas meu sucesso em sua terra natal era muito importante para ela, ainda mais importante do que meu sucesso em Israel. Lembro-me de que, depois de ler minha primeira coletânea em tradução polonesa, ela me disse: "Você não é um escritor israelense. É um escritor polonês no exílio."

Minha mãe olhou a imagem por menos de uma fração de segundo. Para minha surpresa, reconheceu a rua de imediato: a casa estreita seria construída, totalmente por acaso, no lugar onde uma ponte ligava o pequeno gueto a outro maior. Quando mamãe contrabandeava comida para os pais, tinha de passar por uma barricada ali, guardada por soldados nazistas. Ela sabia que, se fosse apanhada carregando uma fatia de pão, eles a matariam no ato.

E agora estou aqui, no mesmo cruzamento, e a casa estreita não é mais uma simulação. Perto da campainha há uma placa com letras grandes em negrito que dizem DOM KERETE (A CASA KERET). E sinto que minha mãe e eu agora atendemos ao desejo de meu avô e nosso nome está mais uma vez vivo na cidade onde não resta quase nenhum vestígio de minha família.

Quando volto da cafeteria, uma vizinha espera por mim na entrada, uma mulher ainda mais velha do que minha mãe, que segura um pote de vidro. Mora do outro lado da rua, soube da casa estreita e queria dar as boas-vindas ao novo vizinho israelense com uma geleia que ela própria fizera. Agradeço e explico que minha estada na casa será limitada e simbólica. Ela concorda com a cabeça, mas na realidade não me ouve. O cara que paro na rua para traduzir seu polonês para o inglês interrompe sua tradução de minhas palavras e diz, num tom de quem se desculpa, que acha que ela não ouve muito bem. Agradeço mais uma vez à mulher e viro-me para entrar na casa. Ela segura minha mão e começa um longo monólogo. O cara que traduz para o inglês mal consegue acompanhá-la.

– Ela diz – ele me conta – que, quando era menina, tinha duas colegas de turma que moravam não muito longe daqui. As duas meninas eram judias e, quando os alemães invadiram a cidade, elas tiveram de se mudar para o gueto. Antes de irem embora, a mãe dela fez dois sanduíches de geleia e pediu que ela entregasse às amigas. Elas pegaram os sanduíches e agradeceram, mas ela nunca mais as viu.

A velha assente, como se confirmasse tudo que ele dizia em inglês, e, quando ele termina, acrescenta mais algumas frases, que ele traduz.

– Ela diz que a geleia que ela dá a você é exatamente do mesmo tipo que a mãe colocou nos sanduíches das meninas. Mas os tempos mudaram e ela espera que nunca obriguem você a sair daqui.

A velha continua assentindo e seus olhos se enchem de lágrimas. O abraço que dou nela no início assusta, mas depois a faz feliz.

Naquela noite, sento-me na cozinha de minha casa estreita, tomo uma xícara de chá e como uma fatia de pão com uma geleia doce de generosidade e amarga de lembranças. Ainda como quando meu celular vibra na mesa. Olho o visor: é minha mãe.

– Onde você está? – pergunta ela, naquele tom preocupado que costumava ter quando eu era criança e chegava atrasado da casa de um amigo.

– Estou aqui, mãe – respondo numa voz embargada –, na nossa casa em Varsóvia.

BONDADE APERTADA

Minha mulher diz que sou bonzinho demais, enquanto eu alego que ela é uma pessoa muito, mas muito má.

Na época em que começamos a morar juntos, tivemos uma briga séria por isso. Começou quando eu subia a escada com um taxista que me trouxera da universidade. Ele queria fazer xixi. Ela acordou com o som da descarga do banheiro e foi em vestes sumárias até nossa sala de estar. O taxista magrela saiu do banheiro e lhe deu um "Bom-dia" educado enquanto fechava o zíper. Ela respondeu com um rápido "Ai, meu Deus" e correu de volta ao quarto.

A discussão começou logo depois que o magrela saíra. Ela disse que era loucura trazer um taxista que mal conheço para usar o banheiro de nossa casa. Eu disse que era maldade não fazer isso. Afinal, todo o setor do transporte de táxi baseia-se na consideração pelos sentimentos do passageiro. Aqueles taxistas dirigem pelas ruas o dia todo sem banheiro a bordo, portanto onde ela esperava que eles se aliviassem, na mala do carro? Enquanto nos concentrávamos em sua alegação de que eu era louco, a discussão foi bem civilizada. Mas no minuto em que levantei a hipótese contrária – que talvez a maior parte da humanidade convide taxistas a usar seu banheiro e só as pessoas más, como minha mulher, por exemplo, achem isso estranho – o nível dos decibéis começou a subir.

Acabou com os dois fazendo uma lista de seis amigos em comum a quem faríamos a mesma pergunta: você convidaria um taxista para usar o banheiro de seu apartamento? Se a maioria dissesse sim, eu podia continuar convidando taxistas a nossa casa. Se a maioria dissesse não, eu pararia. Em caso de empate, eu podia continuar convidando, mas teria de pedir desculpas a minha mulher por dizer que ela é má e lhe fazer uma massagem nos pés todo dia por uma semana.

Perguntamos a nossos seis amigos. Todos ficaram do lado dela. "Mas o que você faz se está num táxi com um motorista que precisa muito, mas muito mesmo, ir ao banheiro?", perguntei a cada um deles. "Você vira a cara? Paga a ele e diz 'Fique com o troco, cara, e continue dirigindo até ficar com o traseiro sentado no meio de uma grande poça'?" Foi só então que percebi que eu era dotado do poder singular e absolutamente insignificante de sentir quando as pessoas estão apertadas para ir ao banheiro. Acontece que, para mim, coisas assim eram transparentes como aquelas portas de vidro do banco em que minha mulher sempre esbarra, enquanto o resto da raça humana é totalmente insensível à condição da bexiga alheia.

Essa história aconteceu 11 anos atrás, mas, na sexta-feira passada, indo de carro para o casamento de Amnon no kibutz Shefayim, lembrei-me dela. Amnon e eu malhamos na mesma academia por quase duas semanas, antes de eu largar. O único motivo de eu saber que seu nome é Amnon é que, quando o conheci, o dono da academia perguntou a ele: "Ei, Amnon, que tal experimentar um desodorante?" E depois de uma pausa de um segundo, acrescentou: "Me diga uma coisa, Etgar, esse cheiro não é um crime?" Respondi ao dono da academia que não sentia cheiro nenhum e desde então Amnon e eu nos tornamos praticamente amigos. A verdade é que, quando ele me fez o convite da última vez em que o encontrei na cafeteria do bairro, fiquei meio surpreso. Mas é como uma intimação – no minuto em que o envelope chega a sua mão, você sabe que precisa ir. É este o problema dos convites de casamento – quanto menos você conhece quem o convidou, mais obrigado se sente a comparecer. Se você não aparecer no casamento de seu irmão e disser "Não pude ir porque o menino tinha dores no peito e precisei levá-lo ao pronto-socorro", ele acreditará porque sabe que não há nada que você queira mais do que estar ali com ele em seu grande dia; mas se é um Amnon que você mal conhece, ele vai perceber de cara que é uma desculpa esfarrapada.

– Não vou ao casamento de um sujeito fedorento de sua academia – disse minha mulher, com o tom decidido.

– Tudo bem – respondi –, irei sozinho. Mas da próxima vez que discutirmos e eu disser que...

– Não diga de novo que sou má – ela me avisou. – Detesto quando você faz isso.

Assim, não digo, mas penso, por todo o caminho ao casamento no kibutz Shefayim. Não vou conseguir ficar por muito tempo. O convite dizia que a cerimônia seria ao meio-dia e à uma da tarde haveria a exibição de um filme de um ex-aluno meu na Cinematheque em Tel Aviv.

Com o trânsito leve e habitual do meio-dia de sexta-feira, a viagem entre Shefayim e Tel Aviv leva no máximo uma hora. Assim, tenho certeza de que vou conseguir. Só que já é meio-dia e meia e o casamento não dá sinais de começar. O aluno que dirigiu o filme ligou três vezes para perguntar quando eu chegaria lá. Mais precisamente, ligou duas vezes e o irmão mais velho, que nem conheço, ligou pela terceira para me agradecer por concordar em ir. "Ele não convidou nenhum dos outros professores para esta exibição", ele me disse, "só a família, os amigos e você." Decido ir embora. Afinal, Amnon me viu aqui e já dei um cheque.

Enquanto entro no táxi, mando uma mensagem de texto a Gilad e digo que posso me atrasar alguns minutos. Ele me responde da mesma forma que está tudo bem. Eles estão com alguns problemas técnicos e a exibição terá um atraso de pelo menos uma hora. Peço ao taxista para fazer um retorno e voltar ao salão de casamento.

A cerimônia terminou há pouco. Vou até Amnon e sua noiva e lhes dou os parabéns.

Ele me abraça e parece verdadeiramente feliz. Sei que não foi gentil de minha mulher dizer que ele é "fedorento"; ele era uma ótima pessoa, com sentimentos e tudo, mas a verdade é que tem um forte cecê.

Durante a exibição do filme, recebo uma mensagem de texto de minha mulher. "Onde você está? Os Drucker estão esperando. O Shabat começa logo e eles precisam voltar a Jerusalém." Os Drucker são amigos que se tornaram religiosos. Anos atrás, costumávamos fumar juntos. Hoje falamos principalmente de crianças. Eles têm muitos filhos. E todos eles, graças a Deus, são saudáveis e meigos. Vou escapulindo para a saída. Gilad me viu entrar. Isso basta. Em uma hora, direi a ele por torpedo que foi ótimo, que tive de sair depois da exibição. Sentado perto da porta de saída está o irmão de Gilad. Ele me olha enquanto saio.

Seus olhos estão molhados de lágrimas. Não está chorando por minha causa; chora por causa do filme. Com toda aquela pressão, mal notei que estavam exibindo um. Se ele está chorando, o filme deve ser muito bom.

No táxi, a caminho de casa, o motorista fala constantemente dos tumultos na Síria. Admite que não sabe quem está contra quem por lá, mas está animado com toda a ação.

Ele fala e fala sem parar e a única coisa que realmente ouço é seu corpo. O cara está morrendo de vontade de fazer xixi. Quando chegamos à minha casa, o taxímetro mostra 38 shekels. Dou a ele uma nota de cinquenta e digo para ficar com o troco. Da rua, vejo minha mulher na varanda rindo com Dror e Rakefet Drucker. Ela não é uma pessoa má.

PASTRAMI

As sirenes de ataque aéreo nos pegam na estrada, no caminho para a casa do vovô Yonatan, alguns quilômetros ao norte de Tel Aviv. Shira, minha mulher, para no acostamento, saímos do carro e deixamos as raquetes de badminton e a peteca no banco traseiro. Lev segura minha mão e diz: "Papai, estou meio nervoso." Ele tem 7 anos e 7 é a idade em que não consideramos legal falar do medo, assim a palavra "nervoso" é usada em vez da outra. Seguindo as instruções do Comando da Frente Interna, Shira se deita no acostamento. Digo a Lev que ele tem de se deitar também. Mas ele fica de pé ali, a mão pequena e suada agarrada na minha.

– Deite-se já – diz Shira, elevando a voz para ser ouvida por causa do berro da sirene.

– Quer brincar de sanduíche de pastrami? – pergunto a Lev.

– Como se brinca disso? – pergunta ele, sem soltar minha mão.

– É um jogo. Mamãe e eu somos fatias de pão – explico. – Você é uma fatia de pastrami e temos de fazer um sanduíche com a maior rapidez possível. Vamos lá. Primeiro você se deita em cima da mamãe.

Lev se deita nas costas de Shira e a abraça com toda a força que pode. Eu me deito por cima deles e apoio as mãos na terra úmida para não esmagá-los.

– Isso é bom – diz Lev, e sorri.

– Ser o pastrami é o melhor – diz Shira, embaixo dele.

– Pastrami! – grito.

– Pastrami! – grita minha mulher.

– Pastrami! – grita Lev, com a voz trêmula, ou de empolgação ou de medo. – Papai, olha, tem formigas subindo na mamãe.

– Pastrami com formigas! – grito.

– Pastrami com formigas! – grita minha mulher.

– É! – grita Lev.

E então ouvimos a explosão. Alta, mas distante. Ficamos deitados um por cima do outro, sem nos mexer, por um bom tempo. Meus braços começam a doer de suportar meu peso. Pelo canto do olho, vejo que outros motoristas que estavam deitados na estrada se levantam e espanam a poeira das roupas. Levanto-me também.

– Deita – diz-me Lev. – Deita, pai. Está estragando o sanduíche.

Deito-me por mais um minuto e digo:

– Tudo bem, acabou o jogo. Nós vencemos.

– Mas é legal – diz Lev. – Vamos ficar assim um pouco mais.

Ficamos assim por mais alguns segundos. Mamãe embaixo, papai por cima e, no meio, Lev e algumas formigas vermelhas. Quando enfim nos levantamos, Lev pergunta onde está o foguete. Aponto na direção da explosão.

– Parece que explodiu longe de nossa casa – digo.

– Droga – diz Lev, decepcionado. – Agora Lahav deve encontrar um pedaço de novo. Ontem ele chegou à escola com um pedaço de ferro do último foguete e nele tinha o símbolo da empresa e um nome em árabe. Por que tinha de explodir tão longe?

– Melhor longe do que perto – diz Shira, enquanto tira areia e formigas da calça.

– O melhor seria se fosse longe o bastante para não acontecer nada com a gente, mas perto para que eu pudesse pegar alguns pedaços – resume Lev.

– O melhor seria jogar badminton no gramado do vovô – discordo dele, e abro a porta traseira do carro.

– Papai – diz Lev enquanto prendo seu cinto de segurança –, promete que, se houver outra sirene, você e a mamãe vão brincar de pastrami comigo de novo?

– Prometo – digo – e, se ficar chato, vou ensinar a jogar queijo quente.

– Legal! – diz Lev, e um segundo depois acrescenta com mais seriedade: – Mas e se não houver mais sirenes, nunca?

– Acho que haverá pelo menos mais uma ou duas – eu o tranquilizo.

– E, se não houver – acrescenta a mãe, no banco da frente –, podemos jogar sem as sirenes também.

Este livro foi impresso na Editora JPA Ltda.,
Av. Brasil, 10.600 – Rio de Janeiro – RJ,
para a Editora Rocco Ltda.